中公文庫

折り紙大名

矢的　竜

中央公論新社

目次

折り紙大名

序章

「これよりさき重職にありて、公の掟をもわきまえたる身にもかかわらず、卑賤《ひせん》の者に筋《すじ》なき書《しょ》を送りつけたること、不当の所為《しょい》なるにより、領地を没収し保科肥後守正容《ほしなひごのかみまさかた》に身柄を預けるものなり……これが、重治《しげはる》様に下された罪状じゃ」

男が読み下した文言《もんごん》が百二十八年経た後、江戸幕府公認の家系図「寛政重修諸家譜《かんせいちょうしゅうしょかふ》」にそのまま記され、二百年後の今日に至るまで残ろうとは、当人も予想だにしていないことであろう。

「卑賤の者……わたくしのことでございますか?」

女が問うと、男は無言で頷いた。

「筋なき書というのは、どういう意味でしょうか」

「出してはならない書状ということだ。大名が町娘に手紙を出すのはけしからん。身分が違いすぎると怒っているわけじゃ」

「お手紙はお返ししました。まさかそれが人手に渡ったとか?」

「いや、即刻焼き捨てたゆえ、誰の眼にも触れてはおらぬ。見ておらぬからこそ、身分違いのおまえに書状を出したという行いそのものを罪に問うしかなかったのじゃ」

「仮にその行為が幕府の掟に背いたものであったとしても、あれほどの厳罰を課する必要があったのでしょうか」

一万五千石の藩を取り潰し、藩主を他家に預け軟禁した。

その結果、三百人近い藩士とその家族が路頭に迷い、藩主の家族は離散。松平重治は死を選ぶしかなかった。余りにも高い代償といえよう。

「不当でかつ重過ぎる。だが、従わなければ係累を含めてことごとく皆殺しになっておったはずだ」

「そんなの……ひどい。ひどすぎます」

女はそうつぶやくと俯《うつむ》き、男は空を飛び交う燕《つばめ》に眼をやった。

「初めてお会いしたのは、わたしが十五のときでした」

記憶をたぐり寄せようとしているのが、男にもわかった。

「あれは忘れもしない延宝《えんぽう》元年（一六七三）癸丑《みずのとうし》の九月のこと。蟹《かに》が取り持つ縁じゃった……」

一

真っ赤な蟹が這っている。

大きな鋏をふりかざし、ぽんと飛び出た眼で辺りを見回しながら、八本の足を小刻みに動かして横歩きをしているようだ。

だがよく見ると、青畳の上に置かれたままで、ぴくりとも動いてはいない。

「どこで見つけてまいったのじゃ？　長元坊《ちょうげんぼう》」

床の間を背にした松平重治の声は、ややかすれていた。

上総国《かずさのくに》・佐貫《さぬき》藩一万五千石の若き藩主にふさわしい気品と風格を備えている。目鼻立ちが整った若さあふれる顔立ちも爽やかだ。

ところが蟹を見た途端、別人かと思うほど色褪《いろあ》せた男に変わっていた。

「日本橋に伊勢嘉《いせか》と称する古着屋がございます。そこの三女、きぬが折りましたる物」

長元坊と呼ばれた男は柿色の道服《どうふく》をまとっている。

坊主頭に深い皺《しわ》、頬もこけているが、眼や口元は引き締まり生気《せいき》が伝わってくる。

ふたりが話し合っている姿だけを見ていると、仲のよい親子と思えないでもないが、実際はそう気楽な関係でもないことが、わかってくるはずだ。

「きぬとやらの歳《とし》は？」

「十五になったばかりと申しておりました。その上驚くことに、折り方は誰にも教わっておらぬとか。それが嘘偽りでないことは、犬や鷹などが教えてくれまする。いずれ劣らぬ見事な出来栄《できば》えで、どれも生きている、と思い込ませるほどの質感を備えておるのです」

手に取ってみると、蟹は思ったより重い。

百数十回は折り重ねているな、と重治は読んだ。

「たまたま通りかかった長屋で噂を耳にし、面白半分で訪ねてみたところ……」

相手が聞いていない……と察すると、長元坊は言葉を切った。

重治の表情が硬くなっている。

何か不吉な兆候を感じ取ったのかもしれない。だとしても、まさかこの小さな蟹が己の運命を塗り変えるとまで気付けるはずはないのだが……。

大名屋敷が建ち並ぶ外桜田《そとさくらだ》一帯は、江戸名物の物売りの声も子供の歓声もなく、上屋敷主客の間には、時折さえずる小鳥の鳴き声と、遣水《やりみず》の音が届くだけだった。

四半刻《しはんとき》（三十分）もたって、ようやく会話が復活した。

「正当な支払いをしてまいったであろうな？」

「十文で買ってまいりました」

「そば一杯の値打ちとな」

重治は世情に疎《うと》い藩主ではない。奏者番《そうじゃばん》という御役目に就いて四年も経つと、物価にも敏感になる。

「安すぎましたか」

「ただの折り紙なら十文は高い。だが、出来栄えからすると不当に安い」

「では、どのくらいの値打ちでございまするか」

「十万人にひとり折れるかどうかと考えれば、例の鳴り物入りの小袋の品。あれに優るとも劣らぬというところかのう」

鳴り物と聞いただけで長元坊はぴんと来た。

朝鮮国との交易窓口である対馬《つしま》藩第四代藩主・宗義真《そうよしざね》が次男（義倫《よしつぐ》・後の五代藩主）誕生の報告に便宜《べんぎ》を図ってもらった御礼と称して、江戸屋敷を通じて届けられた一品。

「菊の花包み」の熨斗《のし》に包まれていたのは、皺だらけの貧弱な一本の根であったが、それこそわが国に自生することがない貴重な植物なのだ。

「なんと、あの高麗人参《こうらいにんじん》に匹敵すると申されますか」

長元坊の声が上ずっている。

「物の値打ちは人により違う。信ずる者には鰯《いわし》の頭も仏像に優るという……」

重治の持論は途中で遮《さえぎ》られた。

「奥方様がお見えでございます」

襖越しに、小姓の工藤市之進《くどういちのしん》の声が割って入ったためだ。

一瞬の目配せを交わすと、長元坊は庭に面した襖を音もなく開けすばやく姿を消した。

反対側の襖が開くと、小袖の裾を引きずりながら白足袋が入ってきた。

絹の羽二重という高価な小袖は色とりどりの草花の柄に覆われ、金糸や銀糸の縁取りで眼が眩むほどの派手さを放っている。髪形こそ島田髷《しまだまげ》の無難な形を保っているが、鼈甲《べっこう》の大きな櫛《くし》と金の簪《かんざし》が左右に揺れていた。

須磨《すま》は華麗に飾り立てるのが生き甲斐なのだ。この姿格好で他家を訪れたら顰蹙《ひんしゅく》を買うのは必定だが、屋敷の内と割り切って重治は眼をつぶっている。

「三十路《みそじ》を過ぎても、まだ折り紙でございますか」

しまった、と思ったときはもう遅い。

須磨の眼が蟹に注がれている。

美貌を際立《きわだ》たせる切れ長の眼は、相手を見下す眼にもなる。

「ただの折り紙ではないぞ」

媚《こ》びを含んだ声色《こわいろ》に内心、舌打ちしたのも一瞬のこと、

「何度も申しておりますが、武家に必要なのは折形《おりがた》のみ。女子供の遊びはご遠慮くださいませ」

妻の冷ややかな答えに、重治は失望を嚙み締めていた。

（猫に小判であったか）

薄味好みの重治に対して、濃い味でないと満足しない妻、夜更かし型の夫に早起きの妻。草花の好みも違えば家臣に下す評価も正反対。

夫婦は他人なり。そう言い聞かせて、重治は精一杯妥協しているつもりだが、須磨にはそういう気配りはない。それが重治の苛立ちと不満を強めている。

（この見事な蟹を眼の前にして、なお折形を持ち出すとは）

端正な顔面が赤みを帯びてきた。

物品や金子《きんす》を贈る際の礼儀作法が発展した「折形」は、体面を重んじる武家にとって大切な心得のひとつだが、騙《だま》し舟や折り鶴に代表される「折り紙」は遊びでしかない。

そう言いたげな妻の取り澄ました顔を見る度に、重治の心は波立ってくる。

「何の用だ、早く申せ」

挑発に乗ると、相手の思うツボ。苦い体験を重ねている重治だった。

妻を急《せ》かせる傍ら、蟹を拾い上げ違い棚にそっと置いた。

「父が顔を見せるように、と使いを寄越してまいりました。なるべく早く、との仰《おお》せにございます」

須磨の父は久世大和守広之《くぜやまとのかみひろゆき》。

下総国《しもうさのくに》・関宿《せきやど》藩五万石の藩主であることより、幕臣の最上位たる老中の地位に就いて十一年を数える幕閣の実力者として一目置かれている。

義父でなければ、重治ごとき若輩《じゃくはい》が口を利《き》ける相手ではない。

「うむ、わかった。お役目が一段落したら訪ねよう」

「一段落も何も、父に会うとおっしゃれば、上様以外のどなたも異存を述べることはできますまい」

父親の地位をちらつかせた嫌味な口ぶりだ。

(あの義父にして、この娘あり……か)

義父がつい最近、老中評議の場で、

「上様と娘婿の折り紙遊びには、わしも呆れている次第じゃ」

と嘯《うそぶ》いたやに聞いている。

女子供の遊び、と片付けられるのには慣れているが、上様に献上する品までけなすとは以《もっ》ての外《ほか》。上様を軽んじ、養父を謗《そし》る振る舞いと思うと平静でおれようはずがない。

重治には父と呼ぶ人が三人いた。実父の高家《こうけ》・品川高如《たかゆき》、養父の松平勝隆《かつたか》、義父の久世広之である。

三人の中でも養父を一番尊敬しているのは、勝隆が折り紙のよき理解者であったからだ。

「重治。よいか、よく聞け。直参にとって初の御目見《おめみ》えほど大事なものはないが、上様からすれば三日に一度のありきたりの行事にすぎぬ。よほど強い印象がなければ、顔も名もご記憶に残ることはない。しっかりと覚えてもらいたければ、気合を込めて折れ」

「折り紙など差し上げても、よろしいのですか」

「よくはない。上様に手ずから渡すなど、たとえ紙一枚たりとも許されぬ。建前はそうだが、そんなことを守っておっては千載一遇《せんざいいちぐう》の機会を逃がす。責任はわしが取る。思い切ってやってみるがよい」

そうけしかけられたのが二十一年前の承応《じょうおう》元年（一六五二）六月のこと。

勝隆は養子縁組が成ると直ちに十一歳の重治を連れて登城し、十二歳の将軍家綱《いえつな》に初の御目通りをさせたのだ。

「その方は折り紙に長《た》けておるようじゃな」

初見の口上が終わるなり、上様より直々の言葉が下された。

「はい、未熟ながら多少の心得がございまする」

前夜に養父から教わった通りの展開だった。

「見せてくれぬか」

「はい」

畳に額がくっつくほど平伏してから、袂《たもと》に忍ばせてきた紙片を取り出し、丁寧《ていねい》に広げて畳の上に置いた。

小姓は戸惑い顔で大老の酒井忠勝《ただかつ》を見やり、その口元が緩んだのを見届けてから取り次いだ。

「おう、これは名馬じゃ。これなら千里を走るのも容易《たやす》いぞ」

天馬を御手になされたときの、輝かんばかりの御顔に魅入《みい》られた。

この御方の従兄弟《いとこ》であると思うと、誇りと喜びが腹の底から突き上げてくる。

「次も楽しみにしておるぞ」

去り際に賜《たまわ》ったお言葉を胸に、重治は夢中になって折り紙に取り組んだ。

兜《かぶと》、獅子頭《ししがしら》、武者人形に蟬《せみ》、蝶、かたつむり……。それぞれ独自に工夫して折りあげた。

だが藩主でもなければ位も授からぬ子供には、将軍の御前に上がる機会などあるはずがない。

従五位下宮内少輔《くないしょうゆう》の官位を授かった御礼に拝謁した時には、初見から五年半の月日が流れていた。

「久方ぶりじゃのう。苦しゅうない、面《おもて》を上げい。それ、もそっと上げぬか」

白粉《おしろい》を塗りたくった老女より白い、抜けるような家綱様の御顔があった。

病弱と噂される通りの顔色を除けば、顎が張り骨格も大人びて逞しさを帯びている。

「さきの約束を覚えておるか」

たったひと言が、長かった空白を一挙に埋めた。

「しかと覚えておりまする」

「見せてくれい」

「ははっ」

懐から取り出した包みを、畳の上でゆっくり解いた。その動きを咎める者がないか、十分確かめてから小姓が取り次いだ。

「うむ。葵《あおい》の紋を持参したか。見てみい、雅楽頭《うたのかみ》。この折形を」

老中の酒井忠清《ただきよ》が苦笑を浮かべたのを眼にして、ほっとすると同時に、感動がこみ上げてきた。

（この日に備えて、半年前から必死に取り組んだ甲斐があった）

原点は花紋折り。規則正しく並ぶ花弁の特徴を幾何学模様に図案化したものが花紋である。それをさらに単純化したのが花紋折りと称するもので、伝承折形の一種とみなされている。

縦横に折り出す線と角度に加えて、色紙の変化が楽しめる。伝承折形の中では実用に最も遠く、飾り物あるいは遊びの要素が強い。
四、五、六、七、八、十角形……と折りあがりは様々で、多角形であるほど複雑なのは当然だが、さらに鮮やかな色紙を四枚、八枚、十枚と重ねることで千変万化の作品が出来上がる。

一方、家紋には丸に二ツ引《ふたびき》や釘菱《くぎびし》のような単純な図柄から丸に笹竜胆《ささりんどう》を配した複雑なものもある。家紋は図柄であって、規則的な花紋折りとは違った技法を必要とする。伝承の枠から外れて、自由な発想と様々な工夫を加味しなければ折りあげることはできない。その点が重治の気性に合っていた。自家の「雪持ち根笹《ねざさ》」はいうまでもなく、他家の家紋まで次々と折りあげてみた。

「葵の紋」なら将軍に喜んでもらえるだけでなく、厳格な老中の口出しも封じ込むことができよう。十六歳になった重治にとって、それくらいの読みはなんでもないことだった。

三度目の拝謁はさらに五年後の寛文二年（一六六二）まで待たねばならなかった。養父の所領である佐貫藩一万五千石を襲封した御礼が名目だ。出雲守《いずものかみ》を賜ったのもその時である。

死後相続が主流の中、七十四歳と高齢ではあるが心身ともに壮健な勝隆が、当時二十一歳の重治に家督を譲る裏には、已《や》むに已《や》まれぬ理由《わけ》があった。

前年、房総《ぼうそう》地方は田植え時に雨が降らず、とりわけ佐貫はひどかった。山間《やまあい》の田は干上がって苗が育たず、この年の米の収穫は例年の三割ほどにしかならなかった。年貢米を徴収するどころか、藩庫の備蓄米を放出して急場を凌ぐ傍ら、他国米を買う羽目に追い込まれた。それでも足らず、百姓たちは翌年の苗作りに使う種籾《たねもみ》さえ食い尽くす有様だった。

　翌春、田植えをさせるためには種籾を貸し付けるしかなかったが、昨秋の救済で藩の台所は火の車になっており、幕府から当座の資金を借り入れるより他なかったのである。

　自然災害とはいえ、藩の存亡に関わる危機を招いたことは事実である。下手をすると、不時の備えを怠っていた、と責め立てられ領地没収を宣告されかねない。

　家康、秀忠《ひでただ》、家光《いえみつ》、家綱と四代の将軍に仕え、寺社奉行の重職にある勝隆でさえ、改易《かいえき》の恐怖に震えた。さんざん考えた末に選んだのが「一連の責任を取って隠居し、嫡男重治に家督を譲りたい」と申し出ることだった。

「勝隆、苦労したようじゃのう」

　上様のねぎらいの言葉を、重治も養父の傍《そば》で聞いていた。

「恐縮にござりまする。眼に見ゆる敵ならともかく、お天道様《てんとうさま》には勝てませせぬ」

　養父の無念の言葉も身に沁みた。

　だが、次に出た上様の言葉がより強く脳裏に焼きついた。

「百姓どもが必死に雨乞いしておると聞くと、胸が痛む。そんな時わしは、無力な将軍でいるより竜になりたいと願うて祈るのじゃ。竜神になって自由自在に雨を降らすことができたら、どれほど領民が喜んでくれるであろうか」

（二十二歳の上様が、これほど優しいお心を抱いていらっしゃるとは）

重治が感動に襲われたのには伏線がある。

二年前に予定されていた日光社参《にっこう》の大行事。二代将軍・秀忠が家康の忌日《きじつ》に日光東照宮に参拝して以来、続けられている重要な行事である。譜代《ふだい》大名と御三家や旗本だけでなく、外様《とざま》大名も動員して、総勢二十万人を超す大行列を繰り広げる慣わしだった。

これは単なる墓参ではなく、徳川幕府の権威を誇示するための軍事訓練であると同時に、諸藩に経済的負担を課し疲弊させるのが狙いだとする説も囁かれていたほど金食い虫だったのである。

ところがその年は江戸で大火が相次いだばかりでなく、尾張《おわり》や甲府《こうふ》でも猛火が暴れて多数の庶民が焼け出される事態となった。

庶民の困窮を耳にした家綱は、ためらうことなく順延を決意し世間に発表した。この行事が諸藩や江戸の庶民のみならず、沿道の住民たちに道路整備や食料・飲料水の用意など多大な負担を強いることに心を痛めていたからである。

こういう経緯《いきさつ》を知っているからこそ竜神願望の言葉を素直に受け取れたのだが、この日の重治はさらなる感動に満たされることになる。

家督相続の願いを聞き届けていただく御礼に献上したのは毘沙門天《びしゃもんてん》。平安の頃よりの伝承に則《のっと》って折った作品だ。

口伝《くでん》によるか、書き物によるか。伝承といっても様々で、出来上がりには微妙な違いがある。それがまた折り紙の面白さにも通じている。

目を細められた上様が、何げなく口にされた言葉が重治を驚かせる。

「これから先のことを見据えて、七福神を選んだとみゆる」

図星だった。

毘沙門天は仏法守護の神様であると同時に、福徳を守る神様でもあった。また四天王のひとりであり、七福神のひとつにも数えられる。

万石以上の藩主ともなれば拝謁の機会は増える。以後は上様の推察通り大黒天《だいこくてん》、恵比寿《えびす》、弁才天《べんざいてん》、福禄寿《ふくろくじゅ》、寿老人《じゅろうじん》、布袋《ほてい》と順次お持ちするつもりであった。

（お心が通じている）

そう感じるのと、生涯この御方に付き随《したが》おう、という気持ちとが競い合うように湧き上がっていた。

「だが、この蟹は違う。自分の知る『折り紙』とは別物だ」

子《ね》の刻（零時）はとっくに過ぎているのに、身体の奥底で何かが蠢《うごめ》き、眠気が訪れない。

「たかが折り紙ではないか。三十二にもなる男が何を血迷うておる」

自分自身に向かって毒づき、布団に身を横たえた。

すると、一層気になった。

（あのときの衝撃に似ている）

忘れもしない十七歳の冬。養父に切腹を見ておくよう命じられた。

「武士というものは、いつ腹を切ることになるか予測がつかぬ。まして家綱様の従兄弟のそちは将来、殉死を強いられぬとも限らない。いざという時に見苦しい振る舞いに及ばぬよう、よく見ておくのだぞ」

そう言い含められて渋々同行することになった。

居合いや型の稽古は真剣であるし、藁束《わらたば》を斬る鍛錬も重ねているので、刀の威力は知っているつもりであった。だが人の骨肉を切り裂く真の凄さまでは知らなかった。生首が刎《は》ねられ、鮮血が飛び散るのを眼にして初めて、真剣の恐さを思い知らされた。

切腹した当人の覚悟が十分で作法通り淡々と刀を突き立て、介錯人も見事に首を刎ねたこと。それを十間（十八メートル）離れた所から眼にしたことは、幸運だったと思っている。実際には両者とも逆上して、見るに耐えない惨状を呈することが多いという。

寛文三年に殉死禁令が発令されたときは、悔しい思いをしたものだ。五年早く禁令が出ておれば、あの凄惨な現場を見ずに済んだかもしれないのに、と。

きぬの蟹を眼にした瞬間に感じたのは、切腹を見たのと変わらぬほどの衝撃だった。

折り紙と刀を同一に見るとは……と笑われるかもしれないが、一芸に秀でた人であれば理解してくれるに違いない。

（本物を見たときの驚き、恐れであり、好奇心なのだ）

折り紙の達人は初めての作品に出会うと、頭の中で逆折り、すなわち完成品を一手ずつ折り戻していく習性がある。重治はすでに何度も蟹の逆折りを試みていた。

（基本形《きほんがた》に到達することは不可能だろう。それでも小鳥が起き出すころまでは、諦めきれず格闘するに違いない）

朝までの結果が、すでに見えている気分だった。

二

「あっ、この方だわ。姉さん、ちょっと来てぇ」

悲鳴のような声が、伊勢嘉の店内に響き渡った。

「どうしたのさ」

「万引きかい？」

狭い店内で古着を物色していた女客が、たちまち周りを取り囲んだ。

「きぬ、どうしたの」

きぬと呼ばれた娘の縦縞の小袖には肩口と腰に縫い上げがあった。髪はお下げで、頭の後ろで束ねている。衣装や髪形だけでなく、目鼻や顎などの輪郭にも幼さが漂っていた。

「さと姉さん、この人よ。あたしの蟹を持って帰られた方は」

きぬが指差している相手というのが、普通の男ではない。

白い鈴掛《すずか》けに白頭巾。手甲、脚絆《きゃはん》も白ずくめ。古着屋の店内には場違いな、初老の山伏が呆気《あっけ》に取られた顔で突っ立っていた。

「ちょっとごめんなさい。いったい何を騒いでいるの」

太い声で人を掻き分け、小太りの女が現れた。その後ろにもうひとり若い女。縦縞の小袖に襷《たすき》掛《が》け、前垂《まえだ》れ姿の女が四人になった。

伊勢嘉は母親と三人の娘で客のあしらいをしている古着屋だ。母親のいとと一緒に現れたのが長女のせん。騒ぎの発端からいたのが次女のさとで、最初に悲鳴をあげたのが三女のきぬである。

伊勢嘉の主・嘉助《かすけ》と長女の婿は仕入れに走り回っているので、陽の高いうちは店にいることがない。

「あ、おっかさん。実は……」

さとが手短に説明する。

「まあ、本当なの？　きぬ」

母親の問いに、きぬは大きく頷いた。

「人違いではござらぬか」

山伏が始めて口を利いた。

母娘《おやこ》四人と中年の女客に囲まれ、面食らった顔つきをしているが声はすっかり落ち着き払っていた。

「そうよ、きぬ。うちに山伏さんが見えたという記憶はないわ。いきなりあの人と決め付けては失礼よ」

母親は早くも腰が引けている。

「形《なり》は違うけど、この人は半月前に見えたあの柿色さんよ。絶対、間違ってないわ」

顔を真っ赤にし、口をとがらせて言い張った。

「なぜ、そう言い切れるのじゃな？」

山伏の口調には幼い子供を相手にしているような穏やかさがあった。それが周りの女たちを黙らせている。

「背丈と手や足の長さ、少し猫背の姿勢など全体の像《かたち》が同《おんな》じだから……です」

着ている物は違っても、背丈と手足の長さの比率や姿勢は変わらぬ、と言いたいようだ。

「じゃが、たかだか一度見ただけの相手を、そう簡単に覚えられるかな」

「折り紙にして見る癖がついてるので頭に入っています。ひと月くらいはしっかり覚えているんです」

「参った、わしの負けじゃ。たしかにこの子の言う通り。蟹を無断で貰《もろ》うていったのはこのわしじゃ」

山伏はあっさり白状した。

「するってぇと、おまえさんは盗人《ぬすっと》ってことかい？」

女客のひとりが急に気色《けしき》ばむ。

「まあ、なんて人だろうね」

他の客もざわつき出した。

「ちょっと待ってください。無断は無断でも、この方は十文も置いて行かれたのです。多すぎるので返さなけりゃって探していたんですよ」

さとが的確に弁明した。

長女のせんは黙ったままだ。子供をふたり産んでから口出しが少なくなっている。

「まあ、折り紙に十文だって」

「そりゃ豪勢だ」

「まあ、気の済むまでやっとくれ」

女客たちは急に興味を失い、呆れ声を残すと店内に散っていく。

「おまえたちはお客さんの相手に戻りなさい」

いとは長女と次女を追いやると、

「お騒がせしてすみませんねえ」

山伏に向かって、白髪の交じった頭を下げた。

「いやいや、わしのほうこそ配慮が足りなんだ。お客がいなくなるのを待っていたんじゃが、正体を見破られるとは思いもしなかったぞ」

「あの翌日から眼を皿にしてたんです」

言葉よりも眼の色が真剣さを伝えていた。

「それは悪いことをした。ひと言断るべきじゃったのに、大人気ないことをしたのう。どうか勘弁してくれ」

山伏は深々と頭を下げた。

「この子が夕方気付いたんです。飾り棚に置いていた蟹が十文に化けていることを。わたしたちはまるで心当たりがなかったんですが、この子だけは柿色の道服をまとった方だと言い張りまして。それ以来、柿色さんと呼んで気をつけていたんですよ」

「さすがは古着屋の娘。着衣まで覚えていたか。悪いことはできんのう」

「午後に見えた一見様《いちげんさん》が、柿色さんひとりきりだったからです」

きぬは申し訳なさそうに付け加えた。

「先ほど申した身体つきの見分け方。あれは本当に折り紙のせいなのか」

「はい。初めての動物を折るときに一番気をつけるのが、釣り合いの取れた身体を折り出すことなんです」

「ふ〜む。たしかにその通りであろう」

まだまだ続きそうな気配にしびれを切らしたか、いとが太った身体を揺らして言った。

「何はともあれ、十文はこの通りお返しいたします」

懐から巾着《きんちゃく》を取り出すと、寛永通宝《かんえいつうほう》十枚を山伏の掌《てのひら》に重ねていった。

「では、あらためて代金を払わせてもらうとしよう」

山伏は十文を袂に放り込むと、きぬの掌に代わりの物を乗せた。

母娘の口が同じ形に開いて閉じた。驚きを飲み込んだ顔はそっくり瓜ふたつ。

「えっ」

「とんでもない。一分金《いちぶきん》などなおさら受け取れません」

慌てて言い立てるきぬの脇腹を、いとが突《つつ》いている。

一分金四つで一両。一分は千文に相当する。もりそば八文、お酒一升が二十八文、人足《にんそく》の日当が一日五十文ということからして、途方もない額なのだ。

「軽い気持ちで貰ってはみたが、持ち帰ってよくよく見るうちにとんでもない勘定違いだと気付いて出直して来たのじゃ。これがわしの新たな見立て。さあ、遠慮せずに受け取ってくれい」

「まあ、それでよろしいんですか」

声が出ないきぬに代わって、いとの声は小娘のように弾んでいた。

「物の値打ちは人それぞれじゃ。あの蟹はわしにとって一分の価値がある」

「そこまでおっしゃってるんだから、きぬ、いただいておきなさい」

頬をふくらませたが母親には逆らえず、結局きぬは一分金を受け取ることになった。

「さてもう一度、折り紙を見せてもらうかな」

山伏の顔は別人のように優しくなっていた。

「どうぞごゆっくり。きぬ、あとをよろしくね」

いとは顔中に愛想笑いを浮かべると離れていった。

「こちらへどうぞ」

蟹は無くなったあと、すぐに折って元通りに並べてある。

「何度見ても見事じゃ。誰に教えてもらったのかな」

飾り棚の一画に折鶴や兜、犬などを置いていたが、古着屋に場違いな折り紙がそうそう客の関心を呼ぶことはない。

ようやくこの間、骨董を扱って三十年というお客様が、猪に眼をとめて大げさに褒めた。それを聞いていた近所のおかみさんが、井戸端の話題にしたくらいのもの。

折り紙のために訪ねてくれた人は、この人が最初で最後だった。

「誰に教わったわけでもありません。母や姉に折り紙の手ほどきは受けましたが」

「ほう、誰にも教わらず、ひとりで折りあげたか。たいしたものだ」

きぬは首をすくめている。柿色さんだ、と言い張ったのが嘘のようだ。

「これで全部というわけじゃなかろうのう？」

棚に眼をやりながら問う山伏に、あわてて首を横に振ると駆け足で部屋に戻り、大きな紙箱を抱えて戻った。

「先ほど困らせたお詫びです。どれでもお好きな物を持って行ってください」

「それはありがたい」

さっそく箱から蟬や蛙を取り出して、ひとつひとつ眺めている。

きぬは胸がどきどきして苦しいのか、頰だけでなく細い首筋まで朱に染めていた。

「これをいただこう」

七寸弱（二十一センチ）の桃太郎をつまんで、にこっと笑った。きぬの折り紙の中では大きい部類に入る。むろん懐に仕舞うというわけにはいかぬ。

「ちょっと待っててください。箱を探してきます」

「いや、構わん。箱なら背負うておる」

背中を揺すりながら浮かべた笑顔が、きぬの足を止めた。

「笈《おい》というてのう、山伏には欠かせぬ道具。元々は経典や仏舎利《ぶっしゃり》を運ぶためだったのじゃろうが、米を入れたり着替えを入れておいたり、何かと便利な箱なのじゃ」

桃太郎を丁寧にしまい、背負い直すと、山伏は足早に出て行こうとした。

「待ってくださいっ。名を、お名を教えてください」

必死に問うと、

「長元坊。隼《はやぶさ》という鳥の仲間じゃ。そいつの名を貰ったのよ」

終生忘れ得ぬ名になろうとは、その時きぬは夢にも思わなかった。

その夜、嘉助と婿を加えた家族はわいわい騒がしかった。

「鳥というより狐か狸の仲間じゃろう」

「たかが折り紙ひとつに一分も差し出す裏には、何か魂胆があるに違いない」

「女を騙《だま》す新手の手口かもしれないよ」

「仮にそうでも、きぬには色気などからっきし無いから大丈夫」

ひどい言葉まで飛び出した。

きぬはそんなやり取りを聞き流しながら、

（今ごろ一生懸命、桃太郎さんを折り戻してるんじゃないかしら）

などと想像していた。

その日は長かった。生まれて初めて、寝付けない夜の辛さも味わった。

家族の会話を一通りなぞると、

（そうだ。次は教えてさしあげよう。いや、それこそ余計なお世話かも）

思いはどんどん飛躍する。

（本当はあたしをお嫁さんにしようと企んでいるのかもしれない）

この考えはすぐに打ち消した。

折り紙を買ってくれるお方に、邪心などあるものか。

（狐か狸に化かされているんだったら、最後はいったいどうなるんだろう？）

一分金と思ったものが、沢庵《たくあん》だったりして……。

心配になって、わざわざ布団から抜け出して手文庫の中を手探りしてみたが、間違いなく冷たい感触が伝わってきた。

（銭《ぜに》ががらくたに変わるくらいなら仕方がないけど、狐や狸に変えられたらどうしよう）

山の中で暮らすことを考えて、しばらく震えが止まらなかった。

同じことを何度も何度も思い悩み、辺りが白み始めるまできぬは起きていた。


「おっかさん。買いたいものがあるんだけど」

「おや、珍しいね。きぬが買い物の相談なんて。地震でも起きなければいいけど」

「まじめに聞いてくれないなら、言わない」

すぐに頬をふくらませるところは、まだ子供だった。

「だって、おまえが買うものっていやぁ、千代紙《ちよがみ》や無地の大きな紙ばっかし。たまには帯や簪《かんざし》も買わないとねえ。で、なんだい？　その買いたいものってのは」

「机というか……台といった方がいいのかしら」

「わかった。紙を折る台だね」

水屋の上や、板の間に這いつくばって折るのを見ているので察しがよい。

「そんなもの、いちいち断らないでさっさと買っちまいな」

「それが……ちょっと大きいの」

「ふ〜ん。それで高いのかい？」

「番屋の一町（百メートル）ほど先に古道具屋さんがあるでしょ。そこの出物だから格安なの」

「うちで今、一番懐《ふところ》があったかいのはおまえだものね。あのおあしを使うんだろ」

「駄目かしら？」

「いいんじゃない。向こうが勝手に値をつけて払ってくれたんだ。返せってこたぁないだろうよ」

「ありがと、おっかさん」

「あたしが礼を言われる筋合いでもないよ」

母の許しを得たら、我家《うち》では認められたことになる。

次の日の夕方、古道具屋が若い衆を引き連れて来て、庭から雨戸と障子を外し、長くて大きい机をきぬの部屋に運び込んだ。

家族はあまりの大きさに度肝《どぎも》を抜かれ、どこで寝るのか、いくらしたのか、とうるさかった。

「もともと襖を貼るか、襖絵を描くための作業台だったらしいんだけど、その職人さんが廃業することになって不要になった。こわすのも惜しいと持ち帰っただけなので、使ってくれるなら手間賃だけでよい、って言ってくれたの」

必死になって考えたせりふを、一気に吐き出した。

実際は一分金を渡して五十文のお釣りをもらっただけだ。九百五十文もしたって、正直に告げたら何と言われるか。想像するだけでも頭が痛くなる。

父はちらっと覗いただけで、何も言わなかった。帰ってくるなり顛末《てんまつ》を聞かされ、現物を眼にするころにはうんざりしている。そう踏んだのは間違っていなかったようだ。

机の横に布団を敷いて横たわると、まるでお婿さんと寝ているような錯覚に襲われて、思わず頬が熱くなった。

(ばかだねえ)

自分を冷笑しながら、起き上がって表面を撫でてみる。

(折り紙をやってたお陰で、こんな立派な机が買えた。この広さなら何でも苦労なしに折れるわ)

気に入った物を手に入れた喜びと、盛り上がる意欲をしみじみと嚙み締めていた。

三

柿色の道服が勝手口から入り、庭を回って客室に来るのは、いつも通りの行動だ。須磨は怪しい素性の男が表門から出入りするのを毛嫌いしているし、長元坊も武家の奥方、中でも須磨が大の苦手なのだ。

この日は十月最初の亥《い》の日で玄猪《げんちょ》と称し、来客には火鉢を出すことになっている。長元坊は手をかざす形だけで火にあたる素振りはない。寒さにも暑さにも耐える修行を積んだ身体はそう衰えるものではないのであろう。

その鉄のような男が待ち望んでいた品を携えている。何も言わなくても察しがよい。妻がいくら嫌な顔をしようとも、出入りさせるのはそのためだ。

両足を大地にふんばり、大きく左右に手を広げ、さあ来いと言わんばかりの桃太郎に、重治は思わず笑い声をあげた。

市之進が襖をわずかに開けた。声に出して笑ったのがよほど珍しかったのだろう。

「さあ遠慮せずに、市も見てみるがよい。鬼退治に向かう桃太郎じゃ」

「はあ……」

木彫りか粘土細工とみて、高を括《くく》っているのであろう。

「はあ、ではない。一枚の紙を折りあげたものじゃぞ」

「まことに折り紙でございまするか?」

「おまえより六つ下の十五歳の娘が、おのれの工夫だけで折ったものじゃ」

「おそれいりました」

心底、驚いたという表情を残して消えた。

「手が切れるくらい折り目をつけるのが折形の基本。このように丸みを持たせて人肌の質感と温かみを折り出すとは驚いた。きぬという娘、なかなかやるのう」

「やはり商家《しょうか》の娘という気儘《きまま》さがよろしいのでござりましょう。幼いころから着物のたたみ方をみっちり仕込まれ、基礎ができていたことも見逃せませぬ」

古着でもきちんとたたまれておれば見栄えが良いし、使い古しという意識を弱めるだろう、というのが父、嘉助の考えだ。

若い娘が手際よくたたみ直すのを見れば、お客は遠慮なく着物を広げることができる。これは母が言い出したこと。

小さな店にできることは、銭をかける代わりに手間暇をかけ、労を厭《いと》わずくるくると働くことしかない。きぬの両親の考え方は理にかなっていた。

そういう心がけが客にも伝わるのであろう。伊勢嘉はなかなか繁盛しているようだ。

「たしか三女と申したな」

「はい。長女は婿を貰い、子もふたり成しております。次女はまだ片付いておりませぬ」

伊勢嘉は父親と婿が仕入れ、売るのが母娘の役割という分担で、飯の用意や掃除洗濯を近所のばあさんに賃仕事させていた。

「さぞや微笑ましい光景であろうのう」

家族が結束して稼ぎに取り組んでいる中に、幼子《おさなご》がうろちょろ動き回っている。狭くて窮屈な江戸庶民の家を想像すると、なぜか羨ましい気分にさせられるのだ。

かたや重治は間取り豊かな屋敷で、養父母とその一族および多数の家臣に囲まれ暮らしてきたが、どことなく寒々しい思いを抱えてきた。

上級武家では広い屋敷に家族がそれぞれ別間を持ち、普段は寝食さえ共にすることがない。身近に家臣の眼があるため、日常生活にも上下関係や建前を持ち込まざるを得ず、それが冷ややかな空気を醸《かも》し出すのではないか、と思えるのだ。

「生粋《きっすい》の江戸っ子は滅法威勢がよろしゅうございまして、格式や作法でがんじがらめのお侍さんは気の毒だ、と言ってはばかりませぬ」

「すると、きぬは何の屈託もなく、羽のように舞う日々を送っているのじゃな」

「いえ、ところがそうでもありませぬ。ふたりの姉がおきゃんで友達も多く、手伝いをないがしろにして出歩き、母親にさんざん文句を言われているのに対し、きぬは内気でおとなしく誘い誘われる友もいないようです。いつも店にいてくれるので助かると言いながら、あの子はお嫁にいけるかしら、と母親は本気で心配しております」

「下の子は姉や兄を見て育つ。どうしても対照的になるものだ」

「姉にうすのろと言われても反発できない。晩ご飯をいただいたあとの折り紙だけが息抜きになっている、と消え入るような声で申しておりました」

「その折り紙じゃが、どういうきっかけで始めたのかな？」

「母親のせいだ、と言っておりました」

着物のたたみ方を教える前に、まず折り紙で釣ったらしい。

「考えたのう」

「それくらいの才覚がなければ、江戸商人のおかみにはなれませせぬ」

長元坊はさらりと言ってのけた。

「三人姉妹が同じように折り紙の手ほどきを受けた。でも、そこからが違います。ふたりの姉が鶴を折れるようになると、早々と興味を失ったのに対して、きぬは尾羽《おばね》を広げて末《すえ》広鶴《ひろづる》にしてみたり、首を太くして鷹に見立てたりと独自に工夫して遊んでおったと申しておりました」

「ふ〜む」

どこか似ておる。心の中でつぶやいていた。

のはなぜだろう）

（男と女。長男と三女。立場も身分も育ちも、何もかも違う。なのに、似ていると感じる

重治の祖父は下野国《しもつけのくに》・高島村の農民であったが、若い頃に病死している。四人の子供を抱えた祖母は古河《こが》藩士・七沢清宗《しちざわきよむね》との再婚にあたって少しでも身軽にという配慮であろうか、長女のつなを佐貫藩主・松平勝隆の養女に出した。するとそれが呼び水になったかのように、子供たちに大きな転機が訪れ始めた。

浅草寺《せんそうじ》参詣にかこつけて春日の局《かすがのつぼね》が駕籠《かご》の中から町娘を物色し、何人かの美女に白羽の矢を立てた。そのうちのひとりが次女で、蘭《らん》の名で大奥に召され側女《そばめ》としての躾《しつけ》を受けた。

やがて蘭は家光の世継ぎ（家綱）を産むという幸運を射止めたのである。

蘭がお楽の方《らくのかた》と呼ばれ大奥の頂点に立つと、ほどなく姉弟にも幸運の分け前が降ってきた。ふたりの弟は士分に取り立てられ、いずれは大名の仲間入りという道筋がついた。

姉のつなには高家・品川式部大輔高如《しきぶたいふたかゆき》（今川義元《よしもと》の子孫とされる）の嫁という嫁ぎ先が用意され、輿入《こしいれ》するとすぐ男児を産んだ。それが重治であり、家綱の一歳下の従兄弟の誕生だ。

高家は幕府の儀式典礼に関わる一切を任され、代々世襲の家柄については大名に準ずる格式とみなされている。勅使公家の接待や、幕府と朝廷との伝奏《でんそう》など、京との接触が深い

ことを何よりの誇りとしていた。

この種の名家が長男の嫁に求めることの筆頭は、家名を汚さぬこと。他家との付き合いで恥をかかぬように、挨拶の口上や仕種《しぐさ》の他、贈答に欠かせぬ包みの作法、いわゆる折形は徹底的に教え込んだ。

家伝にしたがって紙を折る。折形を口で説明するのは簡単だが季節、目的、相手によって形状が異なり、紙そのものさえ何種類も使い分ける。熨斗《のし》や水引《みずひき》を加えるとさらに煩雑になる。

だが、母は懸命に覚えようとした。そのかたわら、長子の重治には騙し舟や奴《やっこ》さんに始まる折り紙遊びを教えた。高家の跡取りとして必須の折形に、嫌悪を抱かせてはならない、という親心だった。

生母に紙を折る楽しさを教わったお陰で、無味乾燥な折形にも喜びを見出すことができたのだ。

重治が折り紙にのめり込むきっかけは、もうひとつあった。母よりも近い存在だった乳《う》母《ば》が病魔に冒された。

子供の眼にも日に日に衰えていく様子がわかる。泣きじゃくる子に、母が言った。

「ばあやのために千羽鶴を折ってあげなされ」

「そしたら助かるの？」

「わからないけど、病人の回復を祈るには千羽鶴を折るのが一番、とされています」

「わかった。やってみる」

寝食を忘れて折った。

千羽に達しないうちに乳母の寿命は尽きたが、棺を折鶴で満たすことで悲しみは和らいだ。折り紙が身体に沁み込んだのはその時からだ、と重治は信じている。

格式を誇る高家の嫡男《ちゃくなん》に生まれた重治は、ひときわ大事に育てられた。身体が丈夫で頭脳も優れ、申し分ない跡継ぎだった。

その掌中《しょうちゅう》の玉ともいうべき息子を「養子にくれ」と言い出した者がいる。

「何者ぞ」

品川高如は、むっとつなを睨みつけた。

「申し上げるのも気が引けまするが……わたしの養父にございます」

消え入るような声が返ってきた。

松平勝隆が跡継ぎに恵まれず四苦八苦していることは、家名第一を叩き込まれた者なら誰でも知っている、と言ってもよいほど有名だった。

ひとりっきりの実子・重隆《しげたか》が十八歳で病死したので、六年後に次兄の松平淡路守重長《あわじのかみしげなが》の子・勝広《かつひろ》を養子として貰い受けた。

だが、勝広は養父にも家風にも馴染めず、三年後には自ら嫡子を返上したいと言い出した。慰撫《いぶ》が無理と判断した勝隆は、多病を理由に廃嫡《はいちゃく》の届けを出し直したのだった。

いったん養子縁組が破談になると、次からは敬遠される。切羽詰《せっぱつま》った勝隆は、男が無理なら女、という作戦に切り替えた。

ひとまず養女を迎え入れてしかるべき相手に嫁入りさせ、男児を産んだ暁にはその子を跡継ぎに迎え入れようという策であり、その養女に選ばれたのが他ならぬつなであった。いわく付きの女と知りながら、品川高如はつなを娶《めと》らざるを得なかった。すでにその時、つなの妹は将軍の側室になっていたからである。

そしてこの度《たび》の厚かましい申し出だ。

――お断りしろ。

と言い出せないのは、将軍の口添えをちらつかせて来ているからだ。

それどころか、次男もいるではないか、という無言の圧力までも受けていた。

「でも国持大名になれるあの子を、親としては幸せと思ってやらないといけないのではないでしょうか」

「それが甘いというのだ。女子《おなご》にはわからぬだろうが、今の世で大名ほど割りに合わぬものはない」

決め付けるような言い方に、つなは驚いた。

大名ほど結構な身分はない、と思っていただけに、それを強く否定する理由を知りたかった。

「なぜ出雲守殿の養子が逃げ出したか。必死に探しても後釜の養子が決まらぬのはなぜか。答えはひとつ。今の若者たちは冷静で、大名は生涯を懸ける対象にあらず、と見抜いておるからよ」

関ヶ原の戦い（一六〇〇）から寛永《かんえい》の終わりにかけての四十数年間に、徳川幕府は二百十七家の大名を改易あるいは減封処分とした。その禄高合計千八百六十万石は、全国土の収量が約三千万石とされているうちの六割以上に相当する。

藩が潰れて牢人に身を落とした侍が三十万人はいたとされ、彼らの多くが再仕官をめざして江戸に集まり、貧乏長屋に住み着いて食うや食わずの暮らしを送っている。そういう現実を横目に、有力な藩主やその藩士ですら「いつ同じ目にあうか、わからない」という恐怖に怯《おび》えていた。

家康の孫という身に加え、大坂夏の陣（一六一五）で真田幸村《さなだゆきむら》を討ち取る大手柄をあげた松平忠直《ただなお》でさえ、幕府に不満を抱いているとみなされて、福井《ふくい》藩六十七万石を潰された。豊後《ぶんご》に配流《はいる》されて不本意な二十八年を過ごし、「国持大名などには、二度と生まれたくない」と言い残して五十六歳で病死したという。

その松平忠直の改易理由が当人の品行不正であったことから、家臣たちの間には主君を監視しようとする動きさえ出てきている。凡庸すぎて危ないと思われる跡継ぎ藩主なら、重臣たちが一致団結して乱心者と決めつけ、むりやり隠居させる。藩主その人より、藩の維持を優先するという考え方だ。すなわち藩主は幕府だけでなく、家臣にすら気を許せないということになる。

その点、朝廷との橋渡しを任務とする高家には、幕府も迂闊《うかつ》に手を出せないので安心じゃ、と高如は付け加えた。

「大名という芽は目立てば外から踏み潰され、凡庸だと内輪で摘《つ》まれてしまう。殿様と崇《あが》められていても四六時中神経を張り詰め、家名を守ることに没頭せねばならぬ。建物でいえば大黒柱を支える礎石のような存在なのじゃ」

「まあ、それでは重治の将来は苦労ばかり、とおっしゃるのでございますか」

「かわいそうだが、それがやつの持って生まれた宿命かもしれぬ」

高如は数日前に安倍晴庵《あべのせいあん》に卦《け》を立ててもらったばかりだった。

平安王朝の頃に活躍した陰陽師《おんみょうじ》、安倍清明《せいめい》の末裔と本人が自称しているだけに、なかなか当たると評判の占い師である。

「大凶であるが、はたまた大吉とも出たぞ」

閻魔《えんま》大王の申子《もうしご》とも言われる晴庵の髭面が、なんとも言えぬ表情に変わっている。

「なんだ。どちらともつかぬ御託宣を並べてごまかすつもりか」

思わず、むっとした。

「正直に言うてもよろしいかな?」

「無論じゃ。耳に心地良い事だけ聞きたければ、そなたの所へ来る必要はない」

「では申そう。気の毒じゃが御子の卦には破滅の相が出ておじゃる。その御子が他家に転出することで難は去り、品川家は家運隆盛。お主ら夫婦は長寿で恵まれた生涯を送れると読めたぞ。この養子縁組は逃れ難いが、品川家にとっては疫病神《やくびょうがみ》退散のまたとない機会」

「倅《せがれ》には大凶で、親に大吉だと? その逆を望むのが親というものぞ」

「望み通りにいかぬのが人の世というものじゃ」

高知はがっくり頭を垂れ、暴れ出したくなる衝動と必死に戦っている。

晴庵は黙って待っていた。卦を見ることはできても手助けはできぬ。占い師の一番辛い瞬間である。

やがて弱々しい声が沈黙を破った。

「重治のたどる道について、もう少し詳しく教えてくれぬか」

「養家に入った後しばらくは淡々と日々が過ぎ、退屈とも感じるはずじゃ。転機は二十年かそこらで訪れる。つまり三十か三十一歳に運命的な出会いがあろう。そこから先は五里霧中。わしにも読めぬわ」

「む……。男盛りに苦難を迎えるとするなら、時はたっぷり残っておる。それまでになんとか救う手立てが見出せるのではないか」

「わからぬ。ひとつだけ言えるのは、品川家には救える者はいないということだけじゃ。離れずにいると巻き添えになる。それほど御子の凶運は強いのだ。

あとは当人の踏ん張りじゃ。万にひとつの道を見出すことができるか否かは当人の力。凶運を撥《は》ね返すことができたら、天下を動かす男になるやも知れぬ」

「万にひとつでは慰めにもならぬ。不憫じゃ。……一日でも長く手元に置いて強い子にならせてやりたいが、いつまでなら差し障りがないかのう？」

「三年、いや四年が限度であろう」

高如はひとり悩んだが、最終的には品川家の安泰を選ぶしかなかった。

むろん妻に打ち明ける愚は避け、棺桶の中まで己《おのれ》ひとりで背負っていく覚悟を決めていた。

高如は断腸の思いで勝隆の申し入れを飲み、つなの肩身の狭い立場はさらに増した。

「ただし、次男が六歳になるまで四年待ってもらいたい。もし六歳までに死ぬことがあれば、この話は勘弁していただく」

合意が成ったその日から、周りの空気が微妙に変わる。重治から弟中心に品川家が回り始めたのである。

ひとりでいる時間が増えた。ひねくれるには幼すぎたので、周りに迷惑をかけることはなかったが、その分だけ重治は寂しさに耐えねばならなかった。

乳母が生きていたら、どれほど救われただろうか、とも気付かなかったのは却って幸いだったかもしれない。

ひとりでいる間は、折り紙に向かっていることが多くなった。鶴を別の鳥に変えてみたり、連鶴《れんづる》を折ることに没頭するようになっていた。

やがて父が約束した年月が過ぎた。次男は無事に六歳を迎え、承応元年、重治は十一歳で松平勝隆の養子となり、外桜田《そとさくらだ》に住むことになった。

家督の相続が何よりも大事とされる中にあって、養子縁組は日常茶飯事だが、重治の場合は珍しい例である。実母が父と呼んでいた男を、重治自身も父と呼ぶことになったからである。

幕府公認の系図にも、松平勝隆の子として「つなと重治」は並んで記されている。戸籍の上でふたりは母子であり姉弟でもあるという奇妙な関係なのだ。

養父は大喜びで迎え入れ、年若い養母も大事にしてくれたが、やはり遠慮があった。表面上はそつなく若殿を演じている重治にも、薄絹《うすぎぬ》を通して言動を交わしているという歯がゆい思いが張り付いていた。

「徳川将軍家の分家である松平家は十八の多きを数えるが、そのうち十四家は開祖が本拠とした地名を冠しておる。能美《のみ》（岡崎市《おかざき》）が本拠ゆえ能見松平家。その後の国替えを経て今は豊後国《ぶんごのこく》（大分県）杵築《きつき》藩三万二千石を預かっておる。佐貫藩はその分家であるとはいえ、おまえも立派な能見松平家の末裔《まつえい》に仲間入りしたわけじゃ。家名を汚さぬよう誇りをもって生きるのじゃぞ」

養父も家名大事という点では、他の大名旗本と何ら変わりはない。

「家名を守るということは、それほど大事なことでしょうか」

勇気を奮《ふる》って、逆撫《さかな》でするような問いを発してみた。

養女が他家に嫁いで産んだ子。まるで血のつながらない者に後を継がせて、どんな意味があるのか。

「戦国武将がなぜ血みどろになって戦ってきたか。よく考えてみい。世の中には住み家《か》の無い者が大勢いる。寺の床下や川原に寝ている者どもは気の毒だが、何もしてやることはできぬ。ひとりを救ったところで、どうということはないからのう。

せめて家族だけはその仲間に入らぬようにと、死に物狂いで戦い、それでようやく地位と住居を得た。それを継承してきた証《あか》しが家名なのじゃ。

人はいつか必ず死ぬ。死ねば墓が住み家になる。その住み家も手入れされなくなったら草茫々《ぼうぼう》となり、やがて無縁墓《むえんばか》になる。つまり家を失い流浪《るろう》の者に成り果てるわけだ。住み家の無い魂は永遠にさまよい歩くしかないとすれば、これほど悲惨な話はない。

墓を守る者がいてこそ安らかな来世がある。それが家名を守るということじゃ。重治、頼むぞ。わしの墓がいつまでも守られるよう、おまえの子孫に能見松平家を繋《つな》いでいってくれい」

養父の考えが、世間一般の大人たちの考えであろうことも、想像がついた。

「家名を守ることはすなわち、家臣とその家族を守ることであるが、その際、一番気をつけねばならぬこと。それは改易という名のお取り潰しに合わぬことだぞ。今のおまえには難しいかもしれぬが、いずれわかる。最も恐いのはわしらの主、徳川様じゃぞ」

徳川家を神様のごとく崇めよ、と教わってきたところへ、それを真っ向から否定する言葉を投げつけられ、どちらを信じてよいのかわからなくなった。

——ずっと遡《さかのぼ》って先祖の頃は、隣国こそが敵であった。徳川の世が固まると、隣国から攻められる恐れがなくなった代わりに、主家の意向を損ねたら一気に藩は崩壊する。その教えがその後も幾度となく養父の口から繰り返されたのは、将来の悲運を予感していたのかもしれない。むろん、当時の重治にはそう勘ぐるだけの余裕もないが、強迫観念という形を取って脳裏に焼き付けられていったとしても不思議はない。

(きぬとわしが折り紙に没頭する幼少期を過ごしたということの他に、似ている点のふたつ目は、内気でおとなしかったということだろうな)

奥ゆかしい実母も、子供のことになると周囲を驚かせるほど意思が強かったという。産んだ直後から子は乳母の手に委《ゆだ》ねるのが常識とされる中、母乳で育て通したのはその典型だ。

母は「叱らない人」でもあった。困っても手を焼いても、嫌な顔をせず接してくれた。そのせいもあってか、片時も母から離れられぬ甘えん坊になっていたらしい。ある時、父の大事な行事に母と共に同席しながら、機嫌をそこなって泣き喚き、周囲の顰蹙《ひんしゅく》を買った。堪忍袋の緒が切れた父はとうとう乳母を雇った。

乳母とはいうものの、授乳の必要がないのでやや年嵩《としかさ》の女が選ばれ「ばあや」と呼ぶよう言いつけられた。

母から乳母に預けられ、どれほど反抗し泣き叫んだか想像はつくが、そういう記憶は不思議に残っていない。いつの間にか、ばあやが気に入っていた。いま思えば、母にはなかった厳しい躾けが、乳母への信頼と愛情を植えつけてくれたのだろう。そしてそのことが、実母への愛おしさをより強いものに高めてくれたに違いない。

町人の娘、きぬに乳母という存在はなかったであろうが、母親べったりの時期を送ったことは間違いないだろう。

無限の愛情を浴びた幼児ほど、内気でおとなしく孤独な子供になる。自分の体験を通して得た確信である。

きぬとの共通点を探し終えた心に、乳母が病に倒れたときの残像が蘇えってきた。

——治りますように、ばあやが死にませんように。

手は自然に動き、脇机《わきづくえ》の上で三寸（九センチ）角の千代紙を折り始めている。紙の表を出し対角線の隅《すみ》を合わせて三角形に折る。それをさらに半分の三角形に。重なった三角のそれぞれを開きながら、押しつぶすように背中合わせの四角形に折る。表の四角形を持ち上げながら下の左右の三角面を半分に折る。持ち上げた方も同じように折り、上下を押しつぶしながら菱形に折りたたむ。裏側の四角も菱形に折ったらそれが鶴の基本型《がた》。

基本型とは土台のようなもの。そこから先は平屋になるか二階屋か、いずれに形状が分かれるとしても、それを支える土台に変わりはない。ただし民家と城のように、建物の規模が違えば土台の造りが変わるのと同じで、折り紙の基本型にも種々の種類がある。子供にとって難しいのは、押しつぶすように折ること。隅を重ねて折るのを「歩く」の例えると、つぶし折りは「溝を飛び越える」ようなもので、大げさにいえば次元が一段異なるのである。ここをきれいに折ることができれば、美しい折鶴が出来上がる。

折り紙は人を無心にする。それが重治を魅了した第一の理由であるが、独自に折る楽しさに気付いてからは創造の魅力に取り付かれてしまった。先人が折ったことのない作品を折る。そこには無限の可能性が広がっている。

一方、同じように「紙を折る」といっても対極のもの、それが「折形《おりがた》」だと重治は位置づけていた。

鎌倉《かまくら》時代に誕生し室町《むろまち》時代に完成をみた折形は、日本人の心に深く関わってきたとされている。

目上の人に献上する品には、礼儀作法にかなった包みが欠かせない。同時に他人より目立つことが何よりも大事なことであった。また人一倍可愛がられるためには、何かと口実を設けて、贈り物を届けることも不可欠だ。それが様々な折形を生み、複雑な決まりと相《あい》俟《ま》って、専門化していったのであろう。

やがて折形は進物だけに止《とど》まらず、四季の行事に彩《いろどり》を添える必需品として発達する。

例えば、新年を寿《ことほ》ぐ「木《こ》の花包み」は、天に向かって伸びる木を陽と崇めてきたことから芽出度《めでた》さの象徴とされ、「鶴の箸置き」は真っ白な柳の箸を引き立てる効果があり祝の膳には欠かせないものとなっていた。

「雛祭りの祝包み」は雪（白）が溶けて若芽（緑）が萌《も》え、やがて桃の花が咲くという意味を込めて白、緑、桃色の紙を重ね折る。

「端午《たんご》の節句」には大名家から将軍家に粽《ちまき》を献上する風習があり、きな粉《こ》の包みを包含する祝包みは菖蒲《しょうぶ》の花の姿に折りあげる。菖蒲を「尚武《しょうぶ》」あるいは「勝負」にかけているのだ。

これまで実用、練習を問わず、重治が一度でも試みた折形は千に近い数になる。そのうち繰り返し折ったのは多めにみても一割程度か。記憶だけで折れるものとなると、さらにその三割ほどであろう。

いくら頭がよくても時々折らないと忘れてしまう。それが伝承折形というものかもしれない、と重治は思っていた。

折鶴で指先をほぐした後、いよいよ本題に取り掛かった。

きぬの蟹を文机に置く。まず外観をよく観察し、頭の中で数手開いてみる。それから現物を折り戻して確かめる。その繰り返しで基本型まで戻っていく。

折り紙は上達すればするほど紙から遠ざかる。頭の中だけで折ったり戻したりができるようになるのだが、きぬの蟹は複雑すぎてその手は通じない。

実物を折り戻していってさえ、いざ復元する段になって立ち往生した。そのような経験は過去にはない。誰も見ていないのに顔が紅潮し、うろたえていた。

蟹が難しいのは鋏や脚、目などの突起部分が多いせいである。

折り紙愛好者の間で「角《つの》」と呼ぶ突起を、いかにうまく折り出せるかが腕の差でもあるわけだ。

草花より動物が、人間より昆虫の方が角は多い。きぬが小動物や昆虫を好んで折っていること自体、高度な域にあることの証明でもある。

薄い紙が相手だけに何度も失敗するわけにはいかない。背水の陣という心境は決して大げさではなかった。慎重を期して五手を一区切りとし、しっかり頭に刻み付けてから、次の五手に進む。その甲斐あって、基本型まで戻したところから一転、復元に移っても迷いはなかった。

ひとたび手順をたどれば、前後の形が網膜に残っている間は手先が勝手に動いて、まちがいなく折りあがる。それが「折り紙名人」というものだ。

四

「衝撃の蟹」から三月《みつき》が過ぎた延宝《えんぽう》元年（一六七三）も押し詰まった師走の二十六日。将軍・家綱に初見する若者たちが一斉に登城した。

年内にどうしても御目見えしておきたい、との願望に応えるため、重治ら奏者番の面々は多忙をきわめた。

一日おいた二十八日には叙爵《じょしゃく》の儀があり、義父の久世大和守広之の嫡男・勝之助重之《しげゆき》が出雲守を賜る場にも立ち会った。このとき重之は十四歳。重治にとっては十八歳も年下の義弟にあたる。義父が五十二歳でようやく得た大事な大事な跡継ぎでもあった。

久世広之も養父の勝隆同様、跡継ぎに苦しんだ人であった。重之の前に女、男、女、女、女、男と子供は次々に生まれたが、男ふたりはいずれも幼いうちに病死したからである。

ちなみに重治の妻・須磨は三女である。

明くる二年の正月元旦は毎年恒例の将軍拝賀に始まり、二日の掃《は》き初《ぞ》め式、三日の判初《はんぞ》め式と行事が続く。

外桜田の上屋敷では一年間の無病息災を祈って銚子の口に「蝶花形」の折形を飾り、お屠蘇《とそ》をいただく習慣だった。それは重治が労を取った諸大名が挨拶に訪れた時にも為されるようになっていたので、きぬの折り紙をゆっくり鑑賞している暇とてない日々だった。

重治が奏者番を拝命したのは四年前の寛文十年（一六七〇）四月、二十九歳の時である。年齢的には決して早い方ではない。

奏者番という役職は若手の登竜門で、一万石以上の大名からとくに頭脳明晰《めいせき》な者が選ばれるのが慣例となっており、定員は二十人から多いときは三十人もいた。

職務の中身は大きく分けると三つになる。ひとつは将軍への拝謁取次と献上物の披露。大名・旗本は年始や五節句、八朔《はっさく》（陰暦八月朔日《ついたち》）などに将軍の元を訪れ、挨拶することを義務付けられている。

三百諸侯と呼ばれる大名に高禄の旗本を加えた多数を相手に、短時間に要領よく事を運び、進物の中身を紹介するのが、奏者番の最も大切な役目である。

ふたつ目は諸国の大名が国許から出府、あるいは帰国するに際し、将軍の使者となり挨拶を受けること。大名が病気や死亡した際も、将軍の使者として見舞ったり弔意を表すこともする。

三つ目は大名の子息が将軍に御目見えする際の取次や、殿中儀礼の指導である。

ひと口に大名、旗本というが、御家の格式によって江戸城内の控え場所が大廊下から菊の間まで八区分されており、それに準じて公式の待遇や相互の軽重《けいちょう》も決められている。

屋敷の規模、礼装、行列の備え、献上物や拝領物にも格式にそった配慮がいる。しかも江戸に幕府が開かれて以来七十年のうちに慣例化した細々《こまごま》した決め事を、うっかり破ってしまったとあっては他の笑い者になる。

たとえば銀百枚を献上する台は長さ七尺五寸（二百二十八センチ）、幅三尺三寸、高さ一尺三寸とされているし、綿百把《わ》の台は長さ一丈五尺（四百五十センチ）で幅三尺、高さ一尺三寸などと決められていた。

また将軍はもとより武家相互の進物には、物品に添えて目録を付すことが慣例となっている。やがて目録といえば金子を贈る意味になり、物品に付す書付は進物折紙と呼ばれるようになったが、それにも煩雑な決め事がある。

まず紙そのものだ。「紙の位《くらい》」というものがあって、将軍家には大高檀紙《おおたかだんし》と呼ぶ白地に横皺《よこじわ》の和紙を用い、老中には備中《びっちゅう》小高一重《おだかひとえ》、以下は小引合杉原紙《こひきあわせすぎはらがみ》を使用するのが決まりとされていた。

「姿の位」ともいわれる折り方には慶弔の違いがあるのはもちろん、真《しん》・行《ぎょう》・草《そう》という三段階あるいは、さらに細かく九段階に折り分けることも当たり前。

水引《みずひき》には三本から十二本まで束の違いがあるが、これも相手の格によって使い分け、金銀・紅白・白黒などの色も進物の性格によって変えていく。

奏者番の役目は着付《きつけ》のようなものだ、と重治は思っている。時と場合に合わせて、その当人に適した衣装を選び、正しく美しく着飾らせる。衣装を礼儀作法と置き換えてみればわかりやすい。

奏者番が介在することで、諸大名や上級旗本が将軍に拝謁する儀式も円滑に運ぶことになる。具体的には日時の設定、石高や位階の紹介、進物の選定に対する助言などである。

たいていの大名、旗本は腕力には自信があれど、畳の上の儀礼作法は苦手にしている。千人の足軽を死地に追いやる大音声《だいおんじょう》は有していても、高座におわします貴人の前に出ると、緊張のあまり声が出ないということも珍しくはない。

そういう武辺一辺倒《ぶへんいっぺんとう》の荒武者をそつなく将軍に取り次ぐのが奏者番なのだが、彼らとて元々が一万石以上の譜代大名なのだ。慣れない儀式、作法に習熟するまで大変な努力を強いられる。だが重治は同僚が唖然とするほど、苦もなく役目を果たしているように見えた。

「うふっ……」

思わず噴き出していた。

(恋だとぬかしおったぞ。長元坊の奴め)

夜具の中でもぞもぞと体を動かしている。

昼間のやり取りが頭から抜け去らないのは、それを楽しむ気があるからだ。

「馬鹿なことを申すでない。相手は十五、六の子供で、顔も見たことがない町娘だぞ」

叱るように言ってはみたが、いま思えばこれが恋というものかもしれぬ。

今年三十三歳になったが、これまでの人生で「気になって仕方がない」という女は実母以外には乳母ひとりしかいない。恋など知らぬまま妻を持ち、子供を生《な》しているのを不満とも思わずに生きてきた。

（顔も見たことがない……か）

自分が口にした言葉にけりをつけよう、と重治は思った。

翌日は長元坊が来るのが待ち遠しかった。

年末から年始ほどではないが、二月までは毎年忙しく、三月が近づくと少し暇になる。三日間の空白を得たものの、どう過ごそうかと戸惑う始末。暇潰しの相手として長元坊を屋敷に留まらせていたことが、好都合となった。

「今日は何か楽しそうにお見受けいたしまするが」

「おう、さすがは長元坊。ならば何を考えておるか、当ててみよ」

重治らしからぬ言い草に、長元坊は眉間を寄せている。

「独力で蟹が折れたのでございまするか？」

「いや、それはまだじゃ」

「重宗様がお馬に乗られたとか？」

嫡男・重宗は十一歳だが病弱な上に臆病で、馬が恐くて近寄るのも避けるほどだった。

「残念ながら外れじゃ。もうよい。実はおまえに頼みたいことがある」

「はい、なんなりと」

「きぬに会ってみたいのだ」

虚を突かれたか、長元坊はしばらく黙っていた。

重治もそれ以上しゃべらないが、首筋から耳にかけてほんのり赤くなっていた。

「わかりました。今日一日、思案してみますほどに、しばらくのご猶予を」

重治は一日千秋の思いで過ごし、長元坊は駆けずり回る。両者はその日、対照的な時を過ごした。

翌日の同時刻、暖かい陽射しを浴びる庭を横目に長元坊が策を伝え、重治はしきりに頷いている。

やがて長元坊は去り、昼を過ぎ未《ひつじ》の刻（十三時）を迎えた直後、市之進が不意の来客を告げた。

「なにっ、あの男からの呼び出しが参った？　応じるしかあるまい。市之進、皆に触れてまいれ」

奏者番の中で一番気の合う仲間の名を挙げた。どちらが先に寺社奉行になるか、と賭けの対象になるほど図抜けたふたりが、互いに相手を尊重し合う仲であることは屋敷の主立《おもだ》った者は承知している。

玄関の式台の正面に迎えの駕籠《かご》が置かれ、ふたりの侍が待ち受けていた。重治が無紋の御忍《おしのび》駕籠に乗り、供を連れずに出るのを怪しむ者はいない。

駕籠はほどなく町家のひとつに消え、そこに長元坊が待ち受けていた。

半刻（一時間）ほどすると辻駕籠が出てきた。造りから担ぎ手まで先ほどの駕籠とは段違いにみすぼらしい。乗っている客も洗い晒しの単衣《ひとえ》の着流しに、緩んだ髷《まげ》。顔も二の腕も浅黒い。塗りの剝《は》げた刀を大事そうに抱え、紐にすがって揺られていた。

伊勢嘉の半町（五十メートル）ほど手前で駕籠を出ると、男は刀を落とし差しに帯び、ぎこちない足取りで歩き始めた。

伊勢嘉の前で立ち止まり、しばらく店を覗き込んでいたが中には入らず通り過ぎた。さらに半町ほど進むと、くるりと反転し戻ってくる。途中で店から出てきた山伏と娘のふたり連れにすれ違うが、何事もなかったように駕籠に戻った。

「いかがでございましたか」

申《さる》の刻（十六時）には上屋敷に戻っている。

「面白かったぞ、長元坊」

十町（一キロ余り）も離れぬところに別世界があることは承知していたが、足を踏み入れたことなど一度もない。殿様たる者が出入りする場所ではないと教わってきたし、一昨日までは興味を抱いたこともない。登城はもちろん役目で訪れる侍屋敷もすべて駕籠。町家が連なる通りさえ知らぬ有様だ。

供を連れず自分の足でわずか三百歩ほど歩いただけだが、その間の動悸の激しさと緊張感、および満足感は重治にとって得難い体験《もの》だった。

「そう言っていただくと、苦労のし甲斐がございました」

長元坊の緊張も半端ではなかった。

武家の世界しか知らない殿様を、生のまま庶民の眼に曝《さら》すのは、見世物の猿と同じこと。どんな災いが生じるとも限らない。そのことは当人以外の誰もが知っていることだ。それゆえ屋敷から出すだけにも周到な策が要る。

駕籠屋、髪結い、変装道具、場所を用意し、歩く範囲まで決めた。

「そちとふたり、ぶらりと訪ねるわけにはまいらぬか」

「いくら変装しても、きぬに見抜かれてしまいますぞ」

単なる脅しではなく、そう信じていた。

結局あの程度が限界と踏んだが、その慎重さゆえに無事に事は運んだのだ。

「あの緊張感、町並み独特の匂いは病みつきになりそうじゃ」

「実際それでしくじった方々も多いと謂《い》われておりまする。一回限りという約束をお忘れなく」

「わかっておる」

「それで、きぬはしっかりご覧になりましたでしょうか」

「うむ。想像していたよりは大人に見えた。古着屋の様子も摑めたぞ。きぬが喜んでくれそうな物も思いついた。急がぬともよいが送り届けてくれい」

重治の眼がきらきらと輝いていた。

たかだか十里（四十キロ）四方といわれる狭い江戸に住みあわせながら行き来もままならず、格式と体面に縛られた窮屈な生涯を強いられる殿様に、同情を感じているのであろうか。長元坊の顔に他人には気取られぬ程度のわずかな憂いが浮かんでいた。

お忍びの外出以降、重治は己の立場に飽いている。伊勢嘉の活気に比べて何と沈滞していることか。側近にも妻にも決して悟らせるようなへまはしないが、内心ではお役目にうんざりしているのだった。

三十三歳の若輩が何を言うか、と叱られそうだが、生まれつきの性格が影響している面もある。

物事に集中するのが人並み以上なら、水準に達したあと飽きるのも早かった。通常の子供が論語を素読するまでに三月《みつき》を要するなら、重治はひと月あまりでそれを為《な》し遂げた。弓も剣術も上達は早く、乗馬や火縄銃の腕前も常人の半分の期間で同等以上の冴えを見せた。

傍目《はため》にも次から次へと目移りするようにみえるが、重治自身も飽きっぽい性格であることは認めている。

養父の禄を襲封《しゅうほう》した二十一歳の頃は「藩主の務めたるやいかばかり」と興味津々《きょうみしんしん》、当初は刺激に富んだ日々を過ごした。

突っ込みが鋭いだけに到達するのも早い。しばらく無我夢中で取り組むが、ひと通り経験してみると「なんだ、こんなものか」という思いがよぎるのだ。

奏者番には憧れていた。傍からみても、その多忙さはよくわかる。付き合う相手、処理する事項、煩雑きわまりない約束事など何もかもが複雑に見え、格闘するには申し分ない相手に思えた。他者が尻込みすればするほど、重治にとってはやる気を刺激してくれるというわけだ。

実際に役目に就いてみると、期待に適《かな》っていた。格式と伝統、複雑多岐な作法が渾然一体となった環境で仕事をこなすのは、謎解きをしているような面白さがある。覚えれば覚えるほど仕事は円滑に運び、相手に喜ばれる。自分の知識の広さ、深さを見せ付けるのも楽しくて仕方がなかった。

就任五年目はまだ駆出《かけだし》とみなされるほど年季を要する奏者番にあって重治だけは悠然と振る舞い、皆から一目《いちもく》置かれていた。あれほど広く深いと思われた世界もさほどとは思えなくなっている。

幼少のころは途轍《とてつ》もなく大きくみえた池や川が、成長するにつれて小さくみえる。そういう感覚と同じであった。

その一方で、お役目を通じて諸大名と接する中でだんだん気付いたことが重治の心を重くしていく。それは幕府がかかえる構造的な宿命でもあった。

たとえば大藩あるいは名家の主《あるじ》ほど無能なことだ。たしかに初代は戦場《いくさば》で著しい手柄を挙げた剛《ごう》の者であったのだろうが、世襲した子息や孫にはその片鱗も残っておらず、腐りきった瓜《うり》と同じであった。

いや、仮に父祖に劣らぬ剛勇の士であったとしても、戦乱の鎮まった世においては、その資質を発揮する場とてなく、却って滑稽に写るのだ。

対照的に小藩の藩主や養子の後継者は総じて有能であり、進取の気概に燃え、日々研鑽《けんさん》をおこたらない努力家でもあった。自分が養子であるから肩を持つということではなく、客観的に見てそうだと断言できる。

ところが悲しいことに、頭脳優秀な人材は無骨で無能な連中の下に置かれ、死ぬまでその立場は逆転することがない。

せめて兄弟姉妹のうちで一番優秀な者が後継者になるというなら、まだ救われる余地もあるが、徳川幕府が認めたものは長子相続だ。どれほど優秀でも次男、三男は冷や飯を食わされるし、女子には婿を立てる道しか残されていない。

特権を約束された長男はわがまま放題に育ち、ひたすら自分の欲望の充足に熱心で、小難しいことはもっぱら人に押し付けるようになる。

それで奏者番は忙しいわけでもあるが、見方を変えれば、この馬鹿馬鹿しい制度を支えている協力者に他ならない。働けば働くほど無能な者をのさばらせ、有能な者を腐らせる。それに気付いた途端に奏者番の仕事が虚しくなった。

満たされない思いでやり遂げた仕事なのに、皮肉なことに膨大な御礼が届く。山海の珍味もあればブドウ酒、カステイラといった舶来品まで、居乍《いなが》らにして味わえる。手に入らないという点では最高級の高麗人参も、例外ではない。入手困難な代物こそ超一級の贈り物。そう信じる輩《やから》がいかに多いことか。

それが楽しみで奏者番になりたがる者がいるのも事実である。家臣まで巻き込んでお役目に忙殺される穴埋めだ、という理屈で受け取るが、奏者番になろうがなれまいが家臣の頭数が変わるわけではない。

実態は、役得にかこつけて蓄財に励んでいるにすぎぬ。次はそれをばら撒《ま》いて寺社奉行の地位を得、大坂城代から老中へと出世して、天下を動かす権力を握るのが彼らの最終目標なのだ。

出世の手本と言われている義父、久世広之に失望している重治には、その出世欲がない。精力をつけようとも思わぬので、高麗人参も瀕死の病人がいると聞けば惜しげもなく呉《く》れてやる。

だが家臣に与えることはない。いくら贈り物が山をなすとはいえ、家臣のすべてに行き渡るものではなく不公平が必ず生ずる。また不労所得に慣れると身を持ち崩すだけで、幸せはもたらさぬと信じているからだ。

(先代はどうなされていたのであろうか)

ふと養父のことを思った。

役職に就いていた期間が桁違いに長かっただけに、受け取った金品の量も膨大なものだったに違いない。後継者探しで散財したとしても、かなり残っているはず。

様々なことを教えてくれた養父だが、付け届けの処分までは教えることなくこの世を去っていた。

(もう亡くなって八年か)

そう思うと金品のことは頭から消え、思い出深い佐貫の光景が浮かんできた。

養父・勝隆が領地に初めてお国入りしたのは、奏者番兼寺社奉行の役職を辞した翌年の万治《まんじ》三年(一六六〇)、七十二歳の年であった。上総国・佐貫に封じられて以来、二十二年もの間、一度たりとも訪れる暇がなかったという。

それが養父の悔いでもあり、同じ轍《てつ》を踏ませてはならぬ、と重治を同行したのであろう。

「よいか、重治。藩主が平穏無事にお役目を果たせるのも、国許の家臣や領民があってこそじゃ。江戸屋敷にあっても、常にそのことを忘れるでないぞ」

江戸から二十四里（九十五キロ）、二泊三日の道中の行き帰りに、養子を諭した。

ちなみにこの二年後に勝隆は重治に家督を譲り、覚雲《かくうん》と号して隠居した。さらに四年後、七十八歳で帰らぬ人となった。

佐貫城はなだらかな山々のひとつに溶け込んだように、一見頼りなく見える。だが坂道を登り始めると、硬い岩肌を削った上に構築された堅城であることが知れる。

城門をくぐると空堀《からぼり》、三の丸、空堀、二の丸と続き、垂直に切り立った絶壁の上に頑丈そうな本丸が築かれていた。

三層の本丸からは波打つような周囲の山並みと、その間に敷き詰められたような緑の田が一望できる。

水田と山裾の境界に畑と民家が点在し、視線を上げると江戸湾まで見渡せた。

「大殿《おおとの》には長年のお役目、誠にご苦労にござりました。またこの度の若殿のお国入り、われら家臣一同首を長くして待っておりました。ごゆっくりご滞在いただき、ご指導ご鞭撻《べんたつ》のほどお願い申し上げまする」

国家老・前野助左衛門《すけざえもん》の顔は、刀傷と皺で埋め尽くされていた。

「うむ。助左《すけざ》、よう治めてくれた。大坂城攻めに加わった頃の若武者姿からは想像もつかぬ転身ぶりじゃ。見直したぞ」

「実はそれがしいまだに、槍を片手に戦場を駆け回りたい、と血がたぎって眠れないことがありまして」

「おう、いつまでも若いのう」

ふたりの哄笑が居並ぶ重臣たちの緊張を和らげた。

祝宴が始まると、若い衆が次々と盃を受けにくる。重治はすべて快く返杯に応じてやる。酒にはいささか自信があった。

「そなたの自慢はなにかな？」

聞くのはひとつと決めていた。

「俵十俵を担げまする」

「こんなに大きな黒鯛を釣り上げました」

「実直な父と働き者の母にございます」

「村祭りに誘われること、でしょうか」

「よき殿様、よき領民を持ったことでございます」

追従《ついしょう》と思える答えもあったが、本人の目は真剣そのもの。下心があるとは見えないから、心地よく受け取れた。領民とのつながりを感じさせる言葉が多いのも喜ばしいことだ。

江戸屋敷の家臣たちが悪いというのではないが、どの顔も素朴で初々しさを放っていることに満足した。

翌日、朝早くから領地の視察に出た。養父は城に留まると言い、国家老は案内役《あないやく》を自身の長男、主膳《しゅぜん》に命じた。

主膳はひと回り年長とは思えぬほど気さくで、重治はすぐに気を許すことができた。

馬上の重治と主膳に、それぞれ口取りの若侍がつく。たった四人というのが気に入った。金魚の糞のように、ぞろぞろくっつかれるのは大嫌いなのだ。

折りしも城下は籾摺《もみす》りの真っ最中。百姓たちは籾を磨臼《すりうす》にかけたり、唐箕《とうみ》で選別したりと忙しく働いている最中で、馬上の武士に会釈する者は少なかった。領内を案内する手筈はしておきながら、領民には知らせていないのであろう。

それでも重治らに気付いた者からはきちんと会釈が返ってくるのが、清々《すがすが》しかった。藩士たちが常々嫌われておるなら、こうはいかない。

重治が受け継ぐ筈《はず》の領地一万五千石の内訳は当地が八割五分を占め、残りは下総の香取《かとり》、葛飾郡《かつしかごおり》に飛地《とびち》を有している状態で、実収入は表の石高を超えていると聞かされていた。

東は鹿野山《かのうざん》で阻まれているので染川《そめかわ》に沿うように西へ行き、江戸湾近くまで視察してから引き返し、昼過ぎに山間《やまあい》の谷に着いた。

なぜこんな所へと思う間もなく、小ぢんまりとした建屋と湯煙が見えてきた。民家風で構えは小さいが造りは頑丈で、檜《ひのき》の内装がしっとりした落ち着きを生んでいる。

迎え出た初老の男が「庄屋の湯と呼んでおりまする」と言って頭を下げた。先祖代々からの庄屋が唯一の贅沢として設けた湯治場《とうじば》で、藩士も利用させてもらっているという。ゆっくり汗を流して軽い食事を、という配慮だった。

その頃、佐貫城では勝隆と助左衛門がふたりきりで話しこんでいた。

「若殿も十九歳になられましたそうで、よくぞ試練を乗り越えられました。これで一安心ですな」

「試練か。あれしきのことで冷や汗を流さねばならぬとは、世も末じゃのう」

「されど先の養子どのは、あれが原因で……」

「うむ。近頃の若者は軟弱になったものよ」

「されど若殿は耐えられました。無事、難関を突破されたのですぞ」

「確かに、藩主を継ぐ資格はできたのう。それにしても、ここに至る二十五年間の長かったこと。お役目が忙しいうえに、うかうか病気にもなれぬ。藩主の辛さを嫌というほど味わってきたぞ」

ひとり息子の重隆が十八歳で病死したのが二十五年前のこと。その六年後に養子・勝広を迎え、嫡男届けを済ませたのだが、三年で養子は離縁を申し出て実家に戻っていった。

世間には気の病《やまい》としてあるが、実際は勝隆が課した試練が引き金になったことは疑う余地が無い。

非常の際に藩主は家臣や領民の命を奪わねばならぬ。幕命により切腹の検分を命ぜられることもある。そうした折に逆上しないよう、跡継ぎが十七、八歳に達したら切腹や斬首などの場に駆り出し、むごい死様《しにざま》を目の当《ま》たりに見せておく。そういう体験が不可欠だとみなす大名が少なからずおり、勝隆もそのひとりであった。

重隆、勝広はその衝撃で心身に異常を来たし、後継者の座を滑り落ちていったが、重治にも同じ試練を課した。

重治まで失ったら後はない。最後の賭けに等しかったが、取り止めることはしなかった。腹の据わらぬ跡継ぎでは藩を維持することなど不可能と決め付けていたからだ。

跡継ぎの無い藩は潰される。この非情な掟がある限り、藩主はさまざまな重圧と戦わねばならなかった。

「よくご辛抱なさいました」

「うむ。重治は思ったよりも心身が丈夫で、性格も素直じゃ。ただ真面目すぎるのが少々、心配でのう」

「折り紙という息抜きがある由ではございませぬか」

「その通り。最初は『男のくせに折り紙などを』と苦々しい思いで見ておったが、気が紛れるならそれもよかろうと思い直したのじゃ。だが、息抜きがそれだけでは心もとない。

緩急自在に仕えてくれる男が傍にいてくれぬと安心はできぬ」

「すでに根回しは済ませておりまするゆえ、どうかご安心くだされい」

「世話をかけたのう。しかし、こういう事で頭を悩まさねばならない世の中には、もうほとほと飽いたぞ。長生きをするものではない。

昨夜のおまえの言葉ではないが、槍一本小脇に抱えて敵陣に突っ込む方がよっぽどわしには向いておるわい」

「もう本当に、戦《いくさ》は起こらぬのでしょうか？」

「起こらぬ。わしらは畳の上で死ぬしかないぞ」

「家綱様が発布なされた殉死禁令で殿の後追いもできぬ。いつまでも老醜を晒すしかないわけでござりまするな」

「藩がお取り潰しになったら、もっと悲惨よ。老いたる上に衣食住まで無くしては、それこそ生き地獄の苦しみを味わうしかない」

「それにしても佐倉《さくら》藩の騒動には驚きました」

お隣といってもよい下総国佐倉藩十万石の藩主・堀田正信《まさのぶ》が老中たちの政策を批判する意見書を出し、気が触れたと決め付けられて領地を没収されるという事件が起きた直後であった。

「江戸藩邸にばかり籠もっておると、領国にいる多数の藩士たちのことはつい忘れ勝ちになる。堀田殿はその典型じゃ。

江戸で生まれ育った重治には、国許の大切さを知らしめておかねばならぬ。それに佐倉藩のお取り潰しで領民も動揺しているやもしれぬ。そのふたつを勘案してこのたび、やって来たというのが本心よ」

「左様でござりましたか」

「ところで、改易の原因の一番手は何だと思う？　助左」

「こんな田舎におっては、ようわかりませぬ」

「藩主よ。藩主が血、淫《いん》、気のいずれかで、国を滅ぼすことが一番多い」

助左衛門は頷いただけで耳を傾ける姿勢をみせた。

「血というのは血筋。わしのように男児に恵まれない者、あるいは子供を作れぬ男が招く無嗣《むし》断絶が改易理由の最多を占める。

次が淫。滅多やたらに女を漁《あさ》り、家臣の女房や下々《しもじも》の女に手を出すなど目に余る行動が世間を騒がせ、身を滅ぼす例じゃ。女遊びは跡継ぎ作りという口実があるだけに、陥《おちい》りやすい罠ともいえるがのう。

最後は気。藩主の重圧に耐え切れず、気が変になったり、鬱《うつ》になって自滅する二代目、三代目もごろごろいるようじゃ」

嫡男を病気で亡くし、養子を鬱で失った勝隆の言葉だけに、説得力がある。助左衛門でさえ、慰める言葉が見つからなかった。

「重治は頑健な奴だ。子供はどんどん作るであろうし、かといって淫に走る男ではない。心配なのは頭が良すぎることよ。堀田正信のように老中を突き上げたり、才気が内に籠もって頭がおかしくなるのが一番こわい。こういう男に直言は禁物。おまえの選んだ男が間違いでないことを祈っておるぞ」

「恐れ入りましてござりまする」

「てっきり当代の庄屋かと思っておったら、それがその方じゃった」

重治の言葉と表情には、庄屋の湯での出逢いから十四年を経た今も、不自然な印象を抱いている様子は見て取れなかった。

「はい。その節は失礼いたしました」

長元坊もさらりと受ける。

「先代には今も感謝しておる。就任前にお国入りしたことは的《まと》を射ておった。素朴で信頼できる国許の家臣たちと、酸《す》いも甘いもわきまえた元家臣のその方に巡り会えたわしは果報者よ」

「滅相もござりませぬ」

長元坊こと長谷《はせ》元一郎《げんいちろう》は前野助左衛門の十歳下ながら、武道でも学問でも一、二を争う競争相手であった。

馬廻り役筆頭に昇格する寸前だった三十四歳のときに、親と妻子を捨てた。助左衛門が先頭に立って必死に捜索するも、行方は皆目わからなかった。

武士の生き方に疑問を抱いた若者が飛び込んだのは厳しい求道《ぐどう》の世界。旅の山伏について羽黒山《はぐろさん》を訪れ、修験者に加えてもらった。

未明に起き、月が中天に達するまで歩き続ける日々。滝に打たれ、断食にも耐えた。死ぬほど苦しいときでも、捨ててきた両親や妻子への償いと思えば耐えることができた。

身体が出来たところで「秋の峰」と称する七十五日の行《ぎょう》にも挑戦し、成就した。その勢いで月山《がっさん》、湯殿山《ゆどのさん》の行も突破すると、諸国を巡る旅に出た。

蔵王《ざおう》、鳥海山《ちょうかいさん》、武州御嶽《おんたけ》でも飽き足らず、西国に足を伸ばして白山《はくさん》、石鎚山《いしづちやま》、英彦山《ひこさん》で山駆けをした。

身体も精神も山伏として通用するまでになったが、侍の身分と身内を見捨ててまで得ようとしたものは摑むことができなかった。

二十年ぶりに戻ってきた元一郎は、助左衛門さえ見分けがつかないほど変貌していたのである。

妻は失踪の三年後に子連れで再婚し、つつがなく暮らしているので、名乗り出る余地はない。もとより帰参する気はないという。

「では、なぜ戻ってまいった？」

そのひと言は、なぜ出奔した、にも通ずる問いだった。

「定めというものかのう」

ぽつりと答えると、じっと眼を閉じた。

かつての競争相手が二十年後に会ったとき、かたや家老、一方は山伏という身分の差を抱えていたのである。

朋輩のために助左衛門が口利きしたのが、湯治場の主という隠れ蓑だ。

「わしも同じことを聞いたのう」

江戸屋敷に顔を見せたときには、主膳の書簡で詳しい素性を明かされていた。

「同じように答えました。違うのはそのあと、すぐに顚末《てんまつ》を語ったことでしょうか」

長元坊の体験談には身につまされた思いがあった。

「何度、谷底に飛び込もうと思ったことやら……。されど死をもって詫びても、妻子には何の足しにもならぬ。むしろ迷惑の上塗りになる、と思うと死ぬこともできぬ。結局、たどりついた心境は『寿命が尽きるまで生きること』でしかなかった。犬猫や鳥、魚あらゆる生き物がそうであるように、息をし、食べて寝て、時を過ごすこと。人が恵まれているのは情愛をより細やかに伝えられることだけであり、家族を見捨ててまで探し求めるべきものは何もない。そういう意味のことを言っておったのう」

「よく覚えていらっしゃいまするなあ」

長元坊がきまりわるそうな表情をするのは、この話題の時だけだ。

（だが、それではあんまりではないか）

所詮、人の一生などそんなものかもしれない、と思う一方で、敗残者の戯言《たわごと》だと断定したい気持ちもある。

重治は「悟り」というものを信じたいし、それを究極の安逸場所として残しておきたいと思っている人間である。

もし長元坊が武士を捨てずにいたなら、江戸家老として侍《はべ》っていたかもしれぬ。そうだとしたら、性格が似ているだけに、互いに葛藤を抱いて苦しんだのではなかろうか。

現実には、重治がなんでも気兼ねなくぶつけることができる相手として、これほど適任な者はいないであろう。

五

「きぬ、おまえにって小僧さんが見えてるよ」

母がお客さんとの応対を替わってくれた。

「あたしにご用?」

前髪に縦縞の小袖と前掛け。お決まりの姿が待っていた。

「あっしは椿屋の丁稚《でっち》で長助と申します。お届け物をお持ちいたしました」

椿屋といえば値のはる化粧品を扱う店として通っている。

「長元坊様のご依頼です。判子か指印を頂戴します」

「まあ……」

きぬは受け取るべきか迷ったが、拒めば小僧が叱られると思い、受け取りの印を押した。

包みをほどくと桐の箱が現れ、慎重に蓋《ふた》を取る。四角い塊《かたまり》と大きな蛤《はまぐり》がふたつずつ並んでいた。

「なんだろう?」

「猫に小判ね。いいこと、四角いのはシャボンっていうの。泡立ちがよくて、どんな汚れもきれいに落ちるのよ。洗ったあとに貝殻の中のどろりを薄う〜く塗る。すべすべした手先になって、真冬でもひびやあかぎれの心配はない」

姉のさとはこういうことに関しては、驚くほど知識がある。

「荒れた手先では古着もたたみにくいことを、知ってらっしゃるんだわ」

「だから、あんたは鈍いって言うの。古着じゃなく、折り紙をしやすいように、っていう心遣いじゃないか」

蛤はその場で開けられ、母娘四人の手指にすり込まれた。

(ほんとうに、すべすべして気持ちがいい)

それから半月ほどして、今度は駿河屋から爪切り鋏が届いた。

これまで爪切りというと、裁縫鋏の古手を使っていた。切れ味が悪く滑らかに切れない。仕方がないから爪先を噛んで丸くするのが癖になっていた。

「この次、長元坊さんが見えたら、御返しをしないとねえ」

母に言われなくても御礼はしたいが、何をすればよいのか。とんと思い浮かばない。

(それよりも、今度差し上げる折り紙を考えよう。今まで折ったことのないようなもの、誰も考えつかないようなものを折る。それが一番の御返しだ)

「あ〜あ、暇ねえ。誰かお客さん、来てくれないかしら」

さとがこぼしたように、毎年この梅雨時だけは商売もあがったりだ。外遊びができないから、長姉のせんの子供もぐずってばかり。母と一緒に母屋《おもや》で子守りにかまけている。

きぬも自分の部屋に籠もりたいのだが「ひとりで店番をさせる気?」と、さとに睨まれたくなくて仕方なく付き合っている。

子守りは苦手だから、さとの相手の方がましと思うのだが、存外、思い違いってところかもしれない。毎日、のろけを聞かされるのだ。

相手は両国《りょうごく》に本拠を持つ呉服の中堅、菱屋の番頭を勤める清兵衛という男。姉より九つも年上で、きぬは心の中で「おじさん」と呼んでいた。

女客を相手にする仕事だけに、巷《ちまた》の話題には事欠かず、飽きる暇もないらしい。お陰で清兵衛の休みとなると店番などほったらかして会いにいくので、きぬは大迷惑をこうむっている。

外に出たい気持ちでは、きぬも負けてはいない。長元坊に差し上げる折り紙が、決まらずにやきもきしているからだ。

今までは「何を折ろうか」などと、悩んだことはない。たまたま見たもの、偶然見つけたもの……面白いと感じたものを折ってみただけだ。

「相手を喜ばせるために折ろう」

という気になった途端に壁にぶつかった。頭の中に浮かぶものは、どれもつまらない物に思えてしまう。

そんな物では爪切り鋏に釣り合わないわ。すべすべの柔らかい指先で折ってもその程度なの。折り始めても、すぐに誰かが耳元で囁くのだ。

(外を歩いてみたい。千住《せんじゅ》か入谷《いりや》、できれば大川の向こうに渡りたい。珍しい生き物や虫に出会いたい。美しい草花を探したい。きっと、長元坊さんが喜んでくれる折り紙が出来るはずだ)

そういう思いにきぬは駆られている。

梅雨が恨めしかった。雨の中では生き物をじっくり見ることもできないし、人気《ひとけ》のないところで草花を探すのは危なすぎる。

お客が来ないので、誰はばかることなく絵双紙《えぞうし》を見たりすることはできても、絵から折るのはきぬには無理だ。本物をためつすがめつ眺めないと、駄目な性質《たち》だった。

(早く、現れてくれないかな。長元坊さん)

ある日突然、蟹が十文の銭に化けたと思ったら、たちまち百倍の一分金に膨れ上がった。何の変哲もないはずの桃太郎にまで一分の値がついた。おかげで立派な机が買えた。かと思えば椿屋の化粧品に陶然とさせられ、その余韻が消えぬうちに爪切り鋏が送られてきた。まるで赤本《あかほん》（草双紙）の主人公になったような気分である。

（今度はどういう現れ方をするのかな）

待ち遠しいものの、御返しの準備もできていないので、やきもきしているきぬだった。

「きぬ、きぬっ」

（またか。せっかくいいものを折り始めたのに、なぜ邪魔するの）

「起きなさい。とっくに、お天道様が上がってらっしゃるよ」

（あら、梅雨が明けたのかしら。なら千住へ行ってみよう……。なぜ？　どうして押さえつけるのよ）

「まあ、ひどい熱。こんなに汗をかいて。ちょっと、きぬ。眼を覚ましなさいってば。さとっ、おとうさんを呼んで来てっ」

母の悲鳴のような声を、きぬは全部聞いていたわけではない。途中から声が遠ざかり、その後の騒ぎは何ひとつ覚えていない。

最初に感じたのは、牛蒡《ごぼう》の味だった。

（煮炊きならわかるけど、牛蒡のすまし汁なんて聞いたこともないわ）

漢方だ。熱を出したり、お腹が痛くなったときに飲まされた漢方薬ではないか。

（そうだ、それに似ている）

思わず飛び跳ねたつもりだが、実際はほんのちょっと頭が上がっただけだ。

「ああ、やっと気がついたわ。わかる？　きぬっ。おっかさんだよ」

（大きな声出さないでよ）

お隣に聞こえるわ。みっともない。そう言ったつもりだが、声が出ていない。起きようとしたが、手が宙を掻いただけで身体は持ち上がらなかった。

「いいから、まだ寝てなさい」

（起きろと言ったり、寝てろと言ったり、勝手な母だ）

「気がついたって？　あら、ほんとだ。よかったねえ、きぬ」

さとが顔を出す。その後に、父の心配そうな顔も見えた。

「あたし病気なの？」

ようやく搾《しぼ》り出した声も、見知らぬ他人の響きになっていた。

「なに暢気《のんき》なこと言ってるんだい。三日も正気に戻らなかったくせに」

食べないと倒れちゃうよ、と何回も母に注意されていたことを、きぬは思い出した。無理をして、ほんの少しだけど飲み込んでいた。だがすぐに吐く。そういう日が五、六日続いていた。

「それにしても山伏の言うた通りじゃ。人参の効き目をよう知っておるわ」

父の言葉にくいついた。

「長元坊さんが見えたの？」

いくら待っても来なかった人が、寝込んだ間に見えていた。

一度姿を消したがすぐに高麗人参を持って現れ、必ず土瓶《どびん》で煎じることと、眠っている患者に飲ませるコツを伝授したという。

「あと二日もすれば起き上がれる、ってさ」

（高麗人参の味だったんだわ）

心の中で納得しながら、別の言葉が口をついて出た。

「それだけ？」

「それで十分じゃない？　人参って目の玉が飛び出るほど高いって言うし、高麗いや今は朝鮮というらしいけど、そこでだけしか採れない薬草で、幕府のお偉方《えらがた》が地位に物を言わせてもなかなか手に入らないそうよ」

きぬが知りたいのは、何か言伝《ことづて》がないか、ということなのに、誰もそれには触れてくれなかった。

その日はお粥《かゆ》を口にした。翌日も人参を飲みながら寝ていたが、次の日から起きられるようになり、奥の部屋から自分の部屋に移った。

そのまた次の日。やっと長元坊に会うことができた。

「おう、これは見事な欅《けやき》じゃ」

部屋に入った第一声がそれだった。言うだけでなく机の表面を撫でている。猫の背中を撫でるような優しい手つきだった。

　きぬは檜と信じ込んでいたが、欅だった。横町の古道具屋も、家族も自分も観《み》る眼がないことが、よくわかった。

「いただいたお足の半分ほどを使ってしまいました」

「よい買い物じゃ。それ以上の価値がある」

　長元坊にそう言ってもらうと、ひどく得した気分になった。

「この度は、いろいろありがとうございました」

「いやなに、おまえさんを寝込ませたのはわしのせいらしい。余分なものを送り届けて、途方もないものを折れと要求しているように思わせた。そんなことも予想できなかったとはなんとも申し訳ないことじゃ」

「いえ、とんでもありません。あたしが勝手に力んでしまって」

　すらすらと声が出る。

　あれほどきぬをがんじがらめにした気負いは、すっかりなくなっていた。

「それに爪切り鋏もお化粧品も、とっても重宝しているんです」

「そう言《ゆ》うてくれると、気が軽うなった。これからもよろしく頼む」

「でも、どれも高いものだし、それに人参は手に入れることさえ難しいと聞いてますが」

「うむ。世間一般にはそういうことじゃが、おきぬ坊。物にはいろんな入手の仕方があるものでのう、銭《ぜに》を積まなくても得られる道がある。詳しいことまで詮索《せんさく》する必要はないが、それだけは知っておきなされ」

なんとなくわかったような気がして、きぬは頷いた。

「それで」

同じ言葉が口に出た。

「うん、なんじゃな」

「いいえ、どうぞ。先におっしゃってください」

「では申そう。蟹を貰っていきたいのじゃが」

「何匹がよろしゅうございますか」

「一匹でよい」

「なら今すぐ折って差し上げます」

「この場で？」

「ええ、すぐですから」

母や姉たちも、邪魔しないよう心がけてくれているのがわかる。部屋に入ってもらうように、って言ってくれたのも母だ。障子は開けておくように、と付け足しはしたが。

「ところで、おまえさんが言おうとしたのは何だったのかな」

「ああ、さっきのあれ。忘れてしまいました」

とぼけているが、本当はいま当人に確かめているつもりだった。

（あたしが折るところを見たいんじゃないかしら）

「はい、出来上がり」

「あっという間じゃのう」

ゆっくり折ったつもりだが、驚いている。誰でもそうなのだ。

だが、期待した反応ではなかった。

（見て楽しんでいるだけなんだ。折ればもっと面白いのに……）

きぬはちょっと物足りない気分になっていた。

蟹を仕舞うと、長元坊はもう帰ろうという気配。

「驚かせるものをと思い入れて、寝込むことになってしまいましたけど、たったいま心に浮かんだものがあります。半月ほどで折れると思いますので、またお来しくださいませ」

「それは楽しみじゃが、くれぐれも無理はせぬように」

へんに背伸びせず、ふと浮かんだものや身近なものを折ってみる。以前と同じ姿勢を取り戻していた。いやむしろ、以前よりも肩の力は抜けている。

（何かが吹っ切れたのがわかる。一皮剝《む》けるって、こういう感じを言うのかしら）

「それで、きぬの病は治ったのじゃな」

「人参を使わせていただきましたゆえ」

「それはよかった。目障りな進物も使い方次第ということじゃのう」

「半月前に御所望のありました二匹目の蟹を手に入れました。手間取りまして申し訳ございません」

「臥《ふ》せっておったというなら、やむを得まい」

「そもそも病に倒れたのが、とびきりの品を折ろう、という意気込みの結果だったようでございます」

「ほう、それは殊勝なことじゃが、却ってよくないことよ」

「本人も気付いたようで、これからは高望みはせず折りたいと思うものを折る、と申しておりました」

「それでよい。ところで、長元坊。わしのことは一切口にしておらぬだろうな」

「念を押されるまでもありませぬ。すべてそれがしの名で送り付けておりまする」

「うむ。これからもそうしてくれ」

二匹目の蟹を手本に十、二十と折った中から、二個を左右の袂に忍ばせ、登城したのはそれから半月後のこと。

病気療養中の松平隠岐守定永《おきのかみさだなが》を見舞った報告のあとであれば、上様と語らう寸時の間《ま》を持てる。お役目に精通すればするほど、そういう機微を摑むことなど容易《たやす》いし、当てが外れたためしもない。

「少々面白いものが折れましたゆえ、持参いたしましてございまする」

小姓も手馴れたもの。すばやく蟹を将軍の膝元に移し終えた。

十一歳の子供が十二歳の従兄弟に手渡す折り紙に、目くじらを立てることもあるまい。

初見の際の大老のお目こぼしが二度、三度の特例につながり、二十二年経た今も黙認されている。

小姓や奥坊主の間では「城中の七不思議」のひとつに数えられているそうだ。

「おう、これは見事。本物と見紛《みまご》うくらいじゃ」

ぱあっと御顔が華やいだ。

蟹を眼にされたときの上様の御顔は、天馬や葵の御紋、七福神などを献上したどの時よりも輝いて見えた。それまでが物珍しさに対して見せられた御顔だとすると、きぬが生み出した折り紙は感動がそのまま現れた生の御顔を引き出したということができようか。

偽物と本物、建前と本音、血の通わぬ物と生きている物。それくらい歴然とした差があるからこそ、将軍の顔ではなく家綱様の素顔が現れたのに違いない。

それでつい、これはそれがしの自力で折り出したものではございませぬ、という言葉を言いそびれてしまった。いずれそのこともお詫びしなければならないが、それよりも今後は、きぬの作品を基にした「本物」を献上する以外に道はなくなったという事実の方が重大だった。

（たかが折り紙、という域を超えてしまったのだ）

だが、このことによって重治の腹が据わったのも間違いない。

大名という窮屈で、不自由な地位に慣れようと必死に格闘する中、重治が密かにすがって来たのが「家綱様」だった。判で押したような暮らしに退屈した時は、あのお方はこの何倍も辛いに違いない、と言い聞かせることで耐えてきた。

大名仲間との煩わしい関わりに短気を起こしそうになった時も、強大な一族や海千山千の取巻きに囲まれて耐えている「家綱様」の辛抱を偲《しの》び、自らを慰めることができた。

たかだか一万五千石の佐貫藩主に対し、諸国を統《す》べる将軍は三千万石を背負われている。そのことひとつ考えるだけで、苦痛を和らげることができるのだ。

（この世で一番お気の毒な方だ）

同情が、何かしてあげられることはないか、に転化する。

答えはとっくに出ている、と気付くのも早かった。

（折り紙に興じる瞬間だけでもお立場を忘れ、自分だけの世界で遊んでいただこう）

そういう願いを託して来たのだが、きぬの折り紙なら鬼に金棒。これまでの何層倍も効果を上げるに違いない。

ふうっと息を吐き出し、首筋の汗を拭う。

重治は夏の生まれのゆえか暑さには強く、人前で汗を拭う姿は珍しい。この日も江戸特有の蒸し暑さではあったが、そのせいだけではないはずだ。

五匹の蟹を並べ替え、睨みつけるように見比べる。すでに半刻（一時間）近くも、同じことを繰り返していた。

「敵《かな》わぬ。生涯、きぬには勝てぬだろう」

重治の口から諦めの声が洩れた。

長元坊は無言で控えている。独り言は一切、聞かないことに決めている。そう告げているかのような無表情な顔つきに、重治は嚙み付くように問いかけた。

「これは……そちの差し金か？」

「そうではありませぬ。この前、二匹目の蟹をそれがしの眼の前で折りながら、ふと思いついたのだと申しておりました。なお、これらは人参をいただいた御礼ということで銭を受け取ろうとはしませんでした」

「上様に献上したあとで、こんなものを見せられるとはのう……」

「蟹はこれで三度目でござるが、その都度大いに驚かされました」

「大きさは大小二種だけだが……どちらが父、母であるか、一子、二子、三子はどれか、ひと目で見分けがつく。形からして折り順も手数《てかず》も同じに違いない。折り目の強弱だけで骨格の強さや質感を変え、五匹それぞれの個性を折り分けておる。どうしたら、こんな芸当ができるようになるのじゃ?」

伊勢嘉の五人が蟹に化けているかのようだ。直《じか》には知らねど長元坊の話から、想像している姿にそっくりだ。

無口で行動力のある父、どっしり構えた母、子持ちの長女にしっかり者の次女、そして三女はか弱くつつましい。蟹の親子それぞれが個性を訴えてくる。

発想は単純だが、問題は表現力だ。それを身につけるにはどうしたらよいか。

長元坊にも答えようがない。

「形は似せることができる。だが、この微妙な味わいは真似られぬ。折り紙は捨てようかのう。三十三という歳を思うと、きぬの域に達することはできそうにもない」

弱気な言葉と虚《うつ》ろな表情が、逆に長元坊を駆り立てた。

「そう深刻に考えることもありますまい。止《や》めることはいつでもできますが、その前に一度、殿が折られた品をきぬに見せてみるというのはいかがでしょうか」

「うむ……それはよいかもしれぬ」

「むろん身分は伏せ、別の相手から買ったものとでも申しておきましょう」

「よし。今度ばかりは待つのは辛い。すぐにきぬの評価を聞いてまいれ」

持参させる品は天馬と十角形花紋に決めた。本当は家紋を選びたいところだが、武家の家紋を軽々しく扱うわけにはいかぬ。

　三日後に結果はもたらされた。

「どうであった？　遠慮はいらぬ。聞いたままを申せ」

「されば町娘の戯言《たわごと》と受け取ってくだされ。……きぬは両方を一見すると、寂しいお方ですね、と申しました。どういう意味かと問い詰めても無駄でした。きぬにもそれ以上はわからぬであろうと思い、引き上げてまいりました」

「そちはどう解釈する？　正直に申せ」

「恐れながら、武家と町人の違いかと……。それがしも同様でしたが、武家は家族といえども上下のけじめが厳しく、とくに家長は孤独を嚙み締めて生きておるものでございます。建前にこだわる生き方は人情の機微にうとくなるだけでなく、生き物への慈《いつく》しみが薄れる結果をもたらすのかもしれませぬ。

　一方、きぬの家族をつぶさに見ておりますと、家族に心の垣根など存在しないと言い切ってもよいほど、遠慮や隔《へだ》てがありませぬ。どろどろべたべたした間柄が熱い人情と細かな情愛を育て、小さな虫にも優しく接する心を育てるのではないか、と思われます」

「折り紙にも生き様が現れるということか。言われてみれば、その通りよのう」

「せっせと伊勢嘉に足を運んだのは、きぬの折り紙もさることながら、家族の温《ぬく》もりに魅《ひ》かれていたのかもしれぬ。ふと、そんな気持ちにさせられました」

「家族を捨てたそちだからこそ、余計にそう感じたのかもしれぬ」

「買いかぶり、あるいは思い過ごしかもしれませぬが」

「そちの解釈は当たっているぞ。生きた蟹、個性を備えた蟹を折るには、まず家族との暮らしを変えるのが近道か。その通りだとは思うが、わしには難しいのう」

「何事も一挙に為そうと思う必要はありませぬ。道理がわかれば道筋はいずれ開かれることでしょう」

少年のような純真な気持ちに戻っていることに、ふたりとも気付いてはいないようだった。


どんどんと戸を叩く物音で、きぬは布団を抜け出し半纏《はんてん》を着た。父だけなら寝間着のままでもいいが、義兄《あに》が一緒である以上そうもいかぬ。

いつものように遅くまで折り紙をして、やっと布団に入ったばかり。

（それでも今夜は早いご帰宅だわ）

つっかい棒を外すのを待ちかねていたように表戸が勢いよく開いた。

ぷ〜んと酒の臭いが鼻をつく。

「申し訳ねえ」

たったひと言だが、義兄にすれば精一杯の謝罪に違いない。

「いえ、義兄《にい》さんこそ……いつもすみません」

正体の知れなくなった父を布団に横たえると、義兄は隣の借家に帰る。

下戸《げこ》の義兄が毎晩のように酔っ払いのお付き合い。ふつうの婿養子ならさっさと出て行ったかもしれないが、義兄の実家には寝たきりの父親と、ようよう介護ができる母親がいる。

逃げ出したら両親が飢え死にするとわかっているから、こんな家でもかじりついているしかないのだろう。

「それに乗じて、知らんぷり。おっかさんがそういう薄情な人だとは思わなかったわ」

だが、母にも人の心配をする余裕はなかった。愚痴をこぼしている間はよかったが、気力を失くした今はろくに口もきいてくれない。それどころか家事さえできずにほったらかしなのだ。

下働きのばあさんも、とっくにやめている。わずかな手間賃も払えぬ月が重なったことで、見切りをつけられたのだ。

娘が家事をこなすしかなくなったわけだが、長女は三人目を産んできりきり舞いだし、次女はむくれている。

「あたしの嫁入り道具をどうしてくれるのさ」

いよいよ式を、という頃になって、家業が傾き始めたんだから無理もない。

半年ほど前の春、隣町に開店した黒田屋は、伊勢嘉の十倍も広い。

大量の古着を引き取り、広いお店で売りさばく。市価の半値がついているそうだ。その影響を受け、このところ商いが大変になってきていた。

「なぜそんなに安く売れるのよ？」

「安く仕入れるからでやす」

「それなら、おとっつぁんも安く仕入れたらいいじゃない」

「無理でやす。回す銭も無いし、置ける場所もない」

それがどういう意味か、しかとはわからないが、義兄の投げやりな口調で深刻さの度合いは感じ取れた。

(こんなことで年を越すことができるのだろうか)

父も必死に対抗しようとしたのだろう。でも、到底歯が立たない、とわかって、お酒にのめり込むようになったに違いない。

(もう、おしまいだわ)

近所の人がお情けで買ってくれるのも、そろそろ限界だろう。

「きぬ。あんたはえらいねえ」

さとがきぬの顔を見るたび、褒めるようになった。

「最初にあんたがめげると思っていたわ。だってあんなにひ弱で、いつもめそめそしてたもの」

これでは褒められたことにならない。そう思いつつ、満更でもなかった。

「やっぱり折り紙のせいね」

答えまで、先に言われてしまった。

（そうよ。長元坊さまのお陰です。笑いが消え、ぎすぎすした陰気な家で、ひとり明るく振る舞っていられるのも、折り紙を楽しみにしてくださる方のお陰）

だが、きぬをがっかりさせることが待っていた。

秋に久々の新作「福助七変化《しちへんげ》」を持ち帰ってもらったのが発端だ。

福助という絵双子の人気者に公家、武家、僧正、旅人、大旦那、盗人、火消しの装束を着せ、それぞれお得意の格好をさせたもの。

いつものように一分金を置いて帰ったが、三日後にまた現われた。

「どうかなさいまして？」

気に入らないことでもあったのかと、不安に駆られて聞くと、

「勘定を間違えておる、って叱られてのう」

不足分を払うと言って、一分金を六枚もくださった。

差し出された大金よりも、言葉の中身に呆然となった。

（叱られたってことは、誰かに操られていたということだ）

父や母は早くからそう見ていたが、きぬは信じたくなかった。

眼の前で蟹を折ってみせたときは、見て楽しんでいなさるのだ、と決め付けたけど、やはりそうではなかったようだ。

でも、今はそんなことを思っているときではない。

「困ります。こんなにいただく理由がありません」

「いや、この際、はっきり言っておこう。わしは見かけ通りの山伏じゃ。世の中を知っていること、度胸のよいことでは人様に負けぬが、銭はない。そのお方が七体分の料金をきちんと払《はろ》うておまえさんの折り紙は別のお方に渡しておる。素直に納めてくれねば、わしが困る」

てまいれ、とおっしゃるので引き返してきた。

困ると言われて断るわけにもいかず、受け取った。

一分金四枚で一両だから、今の家計には大助かり。ふた月は暮らしていける。

「そのお方って、どんな人ですか」

「悪いが、それだけは言うことができぬ」

本当に申し訳ない、という顔だったので、それ以上は聞けなかった。

昼間の顚末を告げると、母が夢から覚めたように動き出した。姉たちを呼びつけ、父と義兄を行きつけの赤提灯から連れ戻した。

「い、いってぇ何の用だ。血相変えて呼びに来てよぉ」

きまりが悪いのか、父のふてくされた声。

「みんな、商売が左前《ひだりまえ》になってる昨今、誰のお陰でおまんまがいただけるのか。わかっているのかい」

母の問いかけに、誰も答えようとはしない。

「わかってるけど、口に出せないわね。あたしもそうなんだけど、今日ようやく眼が覚めた。だから言わせてもらうよ」

母がまくしたてている間中、きぬは別のことを思っていた。

(たしかに七分は大金だけど、これが毎月続くわけではない。せいぜい月一の新作で一分いただくのが関の山。折り紙の代金としては破格だけど、家族全員が食っていけるわけじゃない。細々《ほそぼそ》とはいえ、やっぱり商売がうちを支えているんだから、あんまり大層に言ってほしくないわ)

きぬは冷静だったが、母の言葉はそれなりの効果を引き出した。

「おっかさんの言うとおりだわ。うちは大人ふたりに子供三人が食わしてもらってる。のろいとか、べそっかきだとか、さんざん悪口を言ってきたけど、許してね、きぬ」

せんが涙声で謝っている。

「あたしも謝るわ。あしたから家事を手伝うから勘弁してね」

さとまで、ほろりとさせる言葉を口にした。

「うちの人は毎晩、おとっつぁんに付き合ってるけど、お酒は茶碗一杯しか飲めないの。本当は嫌なんだけど婿養子だから何も言えない。それはわかってやってほしいんだけど」

「せん姉さん。もういいわ。それくらいは、あたしもわかってるわ」

言い終わらないうちに、大きな声でかき消された。

「わしじゃ、わしが一番悪いんじゃ」

父が呻くように喋りだした。

「店がうまくいかんようになった。とはいえ、毎晩呑んだくれる理由にはならん。すまん、勘弁してくれ」

「わかってくれたら、いいのよ。さあこれでおしまいにしましょ。あしたからは楽しくいこうね」

母の締め括《くく》りも悪くは無かった。

その翌日から、みんなが着物を着替えたように変わったかというと、決してそうではない。

せんは子育ての鬱憤をぶつけるようにきぬに当たったし、さとは最初の日こそ家事を手伝ったが、二日目からは全部きぬの仕事に戻ってしまった。

父は薄暗くなると姿を消し、義兄が金魚の糞のようについていく。戌《いぬ》の刻（午後八時）

には帰宅するようになったが、逆に昼寝する癖がついてしまった。

仕入れが少なくなった代わりに、遠くまで足を伸ばし安く仕入れていた。それを近場で済ませたり、義兄に任せるようになった。つまり、前より質《たち》が悪くなったともいえるのだ。母ですら、あの時の潑溂《はつらつ》さはすっかり消え、再び意欲をなくして不貞寝《ふてね》を決め込んでいる。夫婦が別々の部屋で昼寝をしているという、情けない家になってしまっている。

そんな様子に我慢できなくなったのが、さと。どのように相手先を丸め込んだのか、とうとう清兵衛の家で暮らすことになった。

いずれ婚礼は派手にやってもらいますからね、と捨て台詞《ぜりふ》を残して、文字通り身ひとつでお嫁にいってしまったのには皆が驚ろかされた。

そんな一家を救いの神だけは見限らず、一作一分で折り紙を買い続けてくださっている。

(もう金主《きんしゅ》が誰であれ構わない。お侍だったとしても文句は言えない。そしてもし、とんでもない事、お妾さんになれ、と要求されても断ることはできないな)

という覚悟がきぬの心の内に固まりつつある。

まるでその日を待っているだけ、と思える日々が延々と続いていた。

伊勢嘉は毎年、梅雨時に客足ががた落ちになるが、今年は梅雨明けどころか秋口になっても客足が戻らず、きぬは折り紙どころではなくなっているらしい。

長元坊が来るのを、前とは違う気持ちで重治は待つようになっていた。

「最初は堅く断りましたが、案外早く受け取ってくれました。よほど伊勢嘉の台所は苦しいのでしょう」

きぬに言わせると、苦し紛れの作らしゅうございます。折り数も少ないし変化も乏しい。その穴埋めに七つ作っただけだから、全部まとめて一分でも高すぎるくらいだと恐縮しておりました」

「家族が崩壊したら、きぬの折り紙もただの紙屑になる。それではなにかと困るでのう」

「殿の機転の良さに比べ、それがしはなんと頭が固くなったことか。若いつもりでおりましたが、根元が老化しておることを思い知らされましてございます」

「福助七変化にそれだけの値打ちがあっただけのことじゃ。上様に献上した七福神が恨めしい。できることなら引き取って処分したいくらいだ」

十二年前に献上した自作の七福神と、きぬの作を模した出来立ての福助七変化を比べるのが、おかしいことだとは思わなかった。仏像の名品を見比べる際に、造られた年代を考慮しないのと同じことだ。

平面と立体、静と動といった差異があるだけではない。伝承に従って折っただけの七福神に対し、固定観念が出来上がっている福助を七変化させるという突拍子もない発想に打ちのめされた。

幸福を招き寄せる人形の象徴になった福助。頭でっかちに小さなちょん髷、裃《かみしも》姿で正座するのが決まりだった。それを大胆に逸脱して七つの姿格好に化けさせ、なおかつ福助であることをひと目でわからせる。しかも折り紙で……。

（わしも自分の頭の固さを思い知らされてしもうたのよ）

重治は負けを認めてなおかつ、爽やかな心境を味わっていた。

「この石頭のせいで、依頼人がいるってことを白状させられてしまいました。まことに面《めん》目《ぼく》ございません」

刀を捨てていなければ、腹を切ることはないにしても二度と御前に面をさらすことはできなかったであろう。

「士分から抜け出るということは、生きる自由を手にすることだ、と感じました」

「しゃあしゃあと、ぬかすではないか」

「はい。御無礼の段、重ねてお詫び申し上げます」

「はっはっは。もうよい……それにしても、商いというのは厳しいものじゃのう」

「売れる、とみると大手はべらぼうな規模でお客をさらってしまう。小口の商いなどひとたまりもありませぬ」

「なんとか伊勢嘉を救う手立てはないものか」

「放っておいても大丈夫です。せいぜい一年、辛抱しておれば元に復しましょう」

「何を根拠に？」

「東照宮《とうしょうぐう》様の御方針でございますれば」

家康は天下を取るや直ちに、身分制度を確立した。武士の次に偉いのは百姓、次が職人、商人はその下に置かれることになった。

前政権の政策を否定することが、新政権を認知させる一番の近道である。否定するのは、目立っていたものほどよい。血祭りに上がったのが商人である。

信長や秀吉が堺《さかい》の商人を通じて莫大な利益をあげていたのを一番知っている家康が、あえて「士農工商」を根底に据えたのは大商人の出現を恐れたことと同時に、徳川家が商いを独占するためである。

その大方針がある限り、商人は太れば叩かれる。

「そこもとの言う通りであるなら一年ほどの間、月一両でも届けてやるとするか」

「恐れながら」

「一両ではやっていけぬと申すか」

「いいえ、その半分でもやっていけましょうが、ろくに働かず一年も過ごしたら一家が本当に潰れてしまいます。商売というものは一気に壊滅するものではありませぬ。五割いや三割に落ちようとも食いつなぐ。今はそれが一番必要なことで、折り紙の代金は貧乏神にきぬの才能を食い潰させないためのもの」

「なるほど。幕府もそういう見方で諸藩を指導すべきであったのう。いや、他人事ではない。至れり尽くせりが当人の為になるかどうか、わしも考え直さねばならぬわい」

「偉そうなことを申しました」

「きぬには折り紙だけでなく、色々なことを教わっておる。そちのお陰じゃ」

「身に余るお言葉にございまする」

六

延宝三年（一六七五）の夏。江戸は一時、南国の夢に酔いしれた。

幕府代官伊奈忠易が島谷市左衛門の操船する帆船で二百五十里（千キロ）南方の群島に上陸し「此島大日本之内也」の碑を建てて無事帰還を果たしたのである。

六年前に紀州のみかん船が漂着したことがきっかけで調査に赴いたわけであるが、幕府はその成果に満足し「無人島《ぶにんじま》」と命名し領有を宣言した。小笠原《おがさわら》諸島領有はこの時が始まりである。

真夏の夜の夢のような無人島騒ぎが下火になるのと連動するように気温が下がり、早くも秋の気配が漂い始めた。

「て、大変《てえへん》だっ」

義兄の額や首筋から汗がぼとぼとしたたり落ちるのを見て、きぬは吹き出しそうになった。

「お、起きてくだせえ」

昼寝中の父を、荒っぽく揺すっている。

「どうしたの？　義兄《にい》さん」

「あの黒田屋が、と、取り付け騒ぎを起こしてやがる。つ、潰れるぞって、みんなが叫んでるんだ」

「なにっ。黒田屋が潰れただとっ」

父は起き上がると草履《ぞうり》をつっかけ、表に飛び出した。義兄がその後を追う。

「きぬ。わたしたちも見に行こうじゃないか」

この一年余り、一家を苦境に追い込んできた黒田屋が潰れるのを見逃すわけにはいかぬ。同じように駆けている人が沢山いた。やがて人垣の後ろに着いた。人の頭ばかりでよく見えないが、荒々しい物音と怒号に交じって悲鳴も聞こえてくる。

「もう家財道具は何も残っちゃいねえっていうぜ」

「米も味噌も持っていかれたらしい」

「おかみさんが餓鬼のように泣いてる。かわいそうなこった」

口々に野次馬が叫んでいる。

「いったいなぜ、こんな騒ぎになったんですか」

母が問いかけた。

「虫だよ、虫。黒田屋の古着長屋に虫が涌《わ》いて中身は全滅らしい。さあ大変。支払いを受けてねえ買い集め業者が、損を少なくしようってんで押しかけ、金目の物を持ち出し始めたってわけさ」

大量の古着を仕入れることを条件に買い叩き、保管にも費用をかけずに安く売りさばくのが黒田屋商法だ。

それで大当たりしてきたのだが、土蔵の借り賃は高いからと敬遠して貧乏長屋を買い取り、若干手を加えただけで大量の古着を蔵《しま》っていたのが命取り。板壁の隙間から侵入した虫が異常陽気のせいで爆発的に増殖したのであろう、ということが後に判明した。すると現金なもので、黒田屋が破綻《はたん》して十日もたたないうちに、伊勢嘉に客足が戻ってきた。

ので母は元気を取り戻し、父もお酒をやめて一日中仕入れに走るようになった。

せんは長女と次女に子守りを任せ、お店に立つようになり一気に若返った。

「あたしも手伝わせてもらうからね、おっかさん。でもしっかり手間賃はいただくわ」

そう言うさとのお腹は、ぷっくり大きくなっていた。

口入屋に頼んであたらしいばあさんにも来てもらうことになった。

きぬも苦手な仕事に逆戻り。お揃いの衣装は変えられないので髪を大胆な兵庫髷《ひょうごまげ》に結い上げ、気合を入れて店に出た。

みんなが立ち直ったのは嬉しいが、お客さんへの応対はいっこうに勘が戻らず、きぬが姉から小言を食うのは前と一緒だった。

伊勢嘉は一年余りで立ち直ったが、誰も「きぬのお陰よ」と言ってはくれなかった。

　去年の秋から今日までに買い上げてもらった折り紙は、福助七変化の他は小動物を五点。銭にして十と二分だから、ほぼ月に一分という勘定だ。そっくり母親に渡したから家計は大いに助かったはずだが、まるまる一家を支えたわけでもない。

（でも……ひと言くらい感謝の言葉が欲しかった。あたしにというより、長元坊さんに……。もう止そう。ありがたいと思っていても家族の場合、あらたまって口に出すのは照れくさいってこともあるからね）

　きぬは良い方に解釈して、自分を宥《なだ》めていた。

「店主も売り娘《こ》も変わったのではないか、と心配したぞ」

　長元坊に「急に大人びた」と言われて、きぬは涙ぐんでしまった。

「よく我慢したのう。店が立ち直ったのも、おまえさんの頑張りがあったからじゃ」

（いた。あたしのお陰、って言ってくれる人がいた……）

「いいえ、長元坊さんのお陰です」

　本心から、そう思った。

「ならば、そういうことにしておいてもらおうか」

「これからは、もっとましなものを折りますから」

「うむ。よろしく頼む」

　否定しないところをみると、やっぱり期待はずれだったようだ。

家の中が無茶苦茶で折り紙に集中できなかった。それでも一分金が必要だから、この一年余り、その一心で折っていた。それを見抜かれていないはずがない。

「まことに申しにくいんですが」

勇気を振り絞って言おう。咄嗟《とっさ》にきぬは決めていた。

「今日は待っていただけないでしょうか」

渡そうと思っていた物はあるが、それは生きていない作品だ。

「わかった。今日は手ぶらで帰るとしよう」

快く答えると、長元坊は去っていく。

その日、きぬはなかなか寝付けなかった。

(いくら出来が良いったってたかが折り紙に、千文の銭を払ってくれるお方はいったいどういうお人だろうか。優しい人であることには違いない。よほどのお金持ちであるのも想像がつく。辛抱強さも人並み以上。家族にも恵まれていらっしゃるのだろう)

相手は男の人と決めつけていた。女にこんな無駄遣いはできっこない。折り紙みたいなおぼろげな対象に、大枚の銭を投じるはずがないからだ。

(きっと男らしいお方だわ。折り紙こそ寂しく見えたけど、あたしの勘違いだったかもしれない。

うちのような勝手気儘《かってきまま》な人間の寄り集まりではなく、互いに敬い、信頼で結びついているのじゃないかしら。思いやりのある奥様がいて、可愛いお子さんに囲まれて……。
なんだか妬《や》けてくる。あたしも十七の娘盛《ざか》り。いっそお妾さんになって、かき混ぜてあげようかしら）
「いけない。なんてことを考えてるのっ」
つい叫んでしまい、あわてて自分の口を手でふさいだ。誰にも聞かれるはずがないのに、きぬはひどくうろたえていた。

「手ぶらで帰れ、と申しおったか。これは一本取られたな」

「はい。殿のお見立て通り、なかなか見所のある娘にございまする」

きぬには長い月日であったかもしれないが、多忙な奏者番にとって一年やそこらはあっという間でしかなかった。

その間、きぬから得た折り紙は福助七変化の他に蟬《せみ》、鍬形《くわがた》、蝶、蛙、亀などだが、心を揺すられるものはなく、上様に献上するのを差し控えていた。

「黒田屋の古着に虫がついたのは偶然ではない。そうだな、長元坊」

「さあ、どうでございましょうか。巷《ちまた》でシミと呼んでおる銀色の虫。着物や本が大好物という厄介物。……案外、自然発生したものかもしれませせぬ」

「ごまかすな。そんな虫くらいわしでも知っておるぞ。古い本に巣食っているが、当屋敷の隅々まで調べさせた限りでは、たった数匹見つかっただけじゃ。江戸十里四方のどこにも、類似の被害が出たという噂はない。黒田屋だけに大量発生するとは都合が良すぎるではないか。これこそおまえが言っておった大店潰《おおだなつぶ》しに相違ないぞ」

この種の細工ができる者はいくらでもいる。服部半蔵に代表される伊賀者や甲賀衆、あるいは武田や北条の忍びを持ち出すほどもない。

弓矢刀槍を持って殺し合うだけが戦ではない。敵を欺《あざむ》き不意を襲ったり、利を説いて寝返らせる。婚姻や人質による同盟など、謀《はか》り事《ごと》を得意とする輩《やから》は無数におり、世が安定するとともに出番を無くしている。

こうした連中が、出世の糸口をつかもうと虎視眈々《こしたんたん》と機会をうかがっている一方、地位を得た者は保身第一で自身の座を脅かそうとする者を徹底的に排除しようとする。どちらの頭にも、結果しかない。どんな卑劣な手も厭《いと》わない。

「近々出世する男が黒田屋を潰した有力容疑者ということになる。さてどんな役者が登場するか、楽しみじゃのう」

「恐れながら、役者は現れますまい」

「どういうことじゃ？」

「徳川の世も四代ともなれば、ひとりやふたりの力では動きませぬ。老中や若年寄という集団が舵取りする仕組でございます」

「だが老中筆頭の酒井雅楽頭殿は下馬《げば》将軍と恐れられているではないか」

「そういう形にしておく方が、傍目《はため》にはわかりやすい。強面《こわもて》の酒井侯は看板にすぎぬ、という噂もございます」

「そうした噂がわしの耳に入って来ぬのは、義父が老中であるためかのう。直接、義父に問うてみるのも面白い。どういう顔をなさることやら」

「まあ、その種のご詮索はお止めになる方が無難かと」

「わかっておる。されど、政《まつりごと》を裏から見るという経験は初めてじゃ。侍がいかに世間知らずか、思い知らされたわ。その方も元は侍。江戸住まいならともかく、佐貫の田舎に埋もれておっては舞台裏を覗こうとも思わなかったであろうが、山伏になったせいで眼力まで備わったとみゆる」

「仰せの通り。食うや食わずで諸国を歩いておりますと、世間の表より裏が眼につくようになるものでございます。されどそれで得した覚えはありませぬ。知らぬほうがよい。今ではそう思っておりまする」

「よし、この件はこれまでとしよう。いずれにせよ、今後のきぬの折り紙が楽しみになった。このところ、やや物足りなかったからのう」

それがお役目にも影響していた。

そつなくこなしてはいたが、それは表面上の役目を遂行していたにすぎない。上様のお気持ちを慰めるという意味では、ほとんど無力であった。

及第点に達している蟬や鍬形さえ、献上するのを差し控えてきた。自分が納得できないものを献上する気にはなれなかったからだ。

どちらの作も余人では折れない傑作であることは間違いないが、蟹を超えるものではなかった。

折り紙に限ったことではないが、作者は常に自作を超えねばならないという宿命を背負わされている。しかも優秀であればあるほど垣根は高い。

福助七変化を献上したのには理由がある。技巧という点では蟹に及ばぬが、福助を化けさせる着想の妙が優れていたからだ。ところが蟬や鍬形には、そういう見所もない。やむなく折り紙献上は忘れた態《てい》でやり過ごし、物足りなさそうな上様の表情にも気付かぬふりを通してきたのである。

上様を欺いているという罪悪感も、きぬ本来の折り紙が復活すれば、たちどころに払拭できる。

（きぬに頼らず、わが手で献上に値するものを折り出せれば申し分ないのだが……）

それには先ず、家族と心を通わせることが不可欠、と思うと気が滅入る。

妻という高い壁が立ちはだかっているからだ。

（町人の娘は尻軽で節操もなく、刹那の享楽だけを追い求める。一方、武家の娘は貞淑で控え目、思慮深い。そう教わってきたが、実態はまるで違うではないか）

養父も女を見る眼だけはなかったとみえる。だがそれを責めては酷《こく》というものだろう。己自身、妻を見誤っていた。美貌に騙されていたと言ってもよい。

一男一女を産み、父親が老中で権勢をふるうようになると、須磨はあれよあれよと思う間に、権高《けんだか》で怒りっぽい女の本性を現しはじめた。

「そんなことではおじい様のようにはなれませぬぞ」

年端《としは》もいかぬ長男に向かって、ふた言めにはそう脅す。

重宗は特に父親に似たのであろう。五歳になったころ、折り紙遊びが気に入って夢中になりかけたことがある。

それと気付いた須磨は烈火のごとく怒り、幼子の両手首を縛りつけ真っ暗な布団部屋に閉じ込めてしまった。

普段の躾けは乳母任せ。十日に一度くらいしか顔を合わせぬ実母に、恐ろしい折檻《せっかん》を受けて、元々気の弱い重宗は数日間飯が喉を通らぬほどであった。

「なぜそれほどに酷《ひど》いことをするのじゃ」

詰問しても、顔色を変えるでもない。

「父が常々申しておりました。おまえの婿どのは紙折りにかまけすぎる。いくら泰平の世とはいえ、武士が軟弱では示しがつかぬ、と。わたくしも父の考えと同じです。男の子には二度と折り紙など教えないでくださいませ」

ぴしゃりと言い返す。

妻に言わせれば「先祖伝来の折形は大事にしなければならないが、それでさえ老女か老臣に任せておけばよい」という考えであり、実際に諸家のほとんどがそうしているのも事実なのだ。

(さすがに大和守の娘だけのことはある)

心の内でつぶやきながら、それが養父の口癖であったことを思い出した。

「久世はわしより十九も年下じゃが、頭のきれる男でのう。この先、あの男は必ず出世する。やつの娘を貰っておけば、能美松平家にとって損はない」

ふたりが懇意になったのは慶安二年(一六四九)と聞いているから、二十六年も前のこと。勝隆が六十一歳、久世広之は四十一歳の時だ。

高野山《こうやさん》で宗徒が相争う騒動があり、勝隆、広之、兼松《かねまつ》下総守正直、駒井右京親昌《ちかまさ》の四人が幕命を伝える使者として派遣されたのが縁だという。

養父が丁重に申し入れて実現した婚姻で、しかも婚礼の時点では久世広之は若年寄、禄高も二万石に加増されており、名実ともに勝隆を上回っていた。

夫婦になった時点で、すでに妻の方が優位に立っていたことに加え、養父の可愛がりようも普通ではなかった。

鈴を振るような声じゃ。はにかんだ笑みは天下一品よのう。立居振舞いのすべてが上品じゃ……。何でも褒め上げる。

そして最後は「さすがは久世殿の娘だけのことはある」と洩らすのだ。

重治が妻の我儘を質《ただ》そうものなら、

「お父上がそれでよいと申されております」

と封じ込める。

養父が間違っている、とは言えぬことまで見透かしているのだ。

その養父が亡くなっても、言葉は変わらない。今度は実父を引き合いに出すことで、妻の口調は断固とした響きを帯びるようになっていた。

「ところで長元坊。届け物を頼まれてくれぬか」

「何でもお申し付けくだされ」

「ふむ。伊勢海老などはどうであろう?」

とっさに思いついたことだった。

長元坊の顔を見るまで重治は、きぬの新作を受け取ることと、「もうひとつの事」しか考えていなかった。

「伊勢嘉と伊勢海老。商売持ち直しを祝うには、まさにふさわしい……いや、まさか伊勢海老を折れという意図でございまするか？」

「両方じゃ」

「されど伊勢海老はちと……」

「難しすぎると言うか」

「いや、その……あるいは殿の意図を見抜けず、美味だった、で終わるかもしれませぬ」

「それでもよいではないか」

「はあ」

長元坊にしては歯切れが悪い。

この男でも情に溺れることがあるのか。そう思うとなおさら引けない気持ちになった。

「依頼人がおることは知られておっても、あくまでその方が思いついたものとして、な」

下がってよい、という意味合いを強く含んだ口調で告げた。

心なしか、退出してゆく茶の道服が色褪せて見える。

（やはり言えなかったわい）

重治の気持ちも晴れてはいなかった。

——きぬを連れてまいれ
そう命じるつもりだった。

（お忍びで垣間見《かいまみ》てから一年半。十七歳といえば須磨が嫁入りしてきた歳と一緒だ。すっかり娘らしくなったに違いない。だからといって、妾にするというのではないぞ）

きぬを手元におき、心ゆくまで折らせたい。その手筋をそっくり会得したい。できれば発想法まで盗み取りたい。

（なにも恥ずることはない）

おのれ自身に向かって、何度もぶつけていた。

習い事に限らず、人は生まれ落ちた瞬間から、人の真似をして生きておる。誰にも習わずにできることといえば、母の乳房を吸うことくらいであろう。

箸の持ち方から文字の読み書きまで、自力で身につけたことなど何ひとつ無い、と言っても言いすぎではない。

きぬの独創にしても同じこと。いかなる天才も教わり学び取ったものの上に咲いた花に過ぎぬ。咲き方が著しく早いか、目を見張るほど美しいか、といった違いでしかない。

学ぶうえにおいては、誰を手本にしても恥ずべきではなかろう。絵は絵師に、書は書家に学ぶのを悪いという者はおらぬ。折り紙は折り紙名人に習うのが一番だ。

大名が町の小娘に教えを受けて何が悪かろう。武家の娘が町娘より優れていると言えないことは、妻が証明しているではないか。

どこから見直しても、自分の考えが誤っているとは思えない。それよりも、これまでの自分に疑念が湧いてきた。

(きぬの作品を折り戻し、それをそっくり真似て折ったものを、上様に献上している。そのことこそ恥ずべき行為ではないか)

——この折り紙は、きぬと申す町娘に教わったものでございまする。

と最初に一言、断っておくべきだったが、いまさら、申し出るのは畏《おそ》れ多い。

(一日も早く、きぬの域に達したい。須磨の機嫌を取っている暇などない)

——きぬを引き取って来い、長元坊。

と、なぜ申し付けなかったのか?

——奥方様は承知でございますか。

と開き直られるのが、こわかったからか。

いや、本当はいまだ自分自身、町娘に教わる踏ん切りがついていない。理屈ではけりがついているのに、武士の体面や世間体《てい》とか、何かわからない不安などを吹っ切れていないのだ。

それを認めたくないのは、妻さえ納得してくれたら対処の仕方がある、と思っていたからだ。

町娘を手元に置いた例をあげろ、となったら真っ先に先代の将軍家光様を引き合いに出そう。八百屋の娘を大奥に住まわせ、産ませたのが家綱様の弟、綱吉《つなよし》様に他ならない。

近頃は大手商人の娘が行儀見習いのために、大名屋敷に住み込みで働く風潮もある。今の伊勢嘉は数人の女を雇い入れ、きぬは浮いているというから、ちょうど良い機会ではないか。

（何のやましいところもない。だがそれが須磨に通じるかどうか）

妻の折り紙嫌いは並大抵のものではない。それどころか一家の主さえ見下したような態度を見せ、気に入らねばすぐ実家に逃げ帰ってしまう。いっそ離縁できるならそうしたいが、義父が老中の体面にかけて阻止するであろう。

重治は悶々と悩み続けたが、よい手が見つからぬ。きぬの作品を折り戻すより何十倍も難しいという弱気が深まるばかりであった。

「お嬢さん、お嬢さん。旦那様がお呼びです。みなさまお揃いでございますよ」

いしげの甲高い声も、きぬの耳に入らなかった。

伊勢嘉は以前の倍も忙しくなり、秋に入ると移転した。一町ほど離れた所に元は旅籠《はたご》だったという空き家を買い取り、内装だけいじって新装開店して半月。それを機に店は店、寝泊りは我が家という、かねてより憧れていた暮らしができるようになった。

何よりも変わったことといえば、五人の女を雇い入れたこと。四十代のおばさん三人と十代の娘ふたりは、いずれも近所の長屋の住人だ。

しげは五人のうちの最年少でやっと十六になったばかり。お客さんの応対より使い走りや雑用を言いつけられている。

ふたりの姉は店に出ることもなくなり、きぬも「お嬢さん」と呼ばれてほとんど自宅の部屋に閉じ籠もっている。

人前で「お嬢さん」と呼ばれると身が縮む気がするが、急に背丈が伸びて綸子《りんず》の小袖から縫い上げげも取れ、髪も大人風の島田に結っているから、気持ちの上では満足していないわけではない。

きぬほど初《うぶ》ではないが、父親は「旦那さま」、母親は「おかみさん」、婿は「若旦那」と呼ばれ、それぞれ張り切っている。

「まあ、いっぱいだこと」

店の奥の二坪ほどを板壁で仕切り、休み場所としているが、そこに人が群がっていた。

「あっ、おばちゃんだ」

姉が子供連れで来て、わあわあ騒いでいる。

「まあ、どうしたの。これ」

一尺三寸（四十センチ）もあろうかという大きな伊勢海老が数匹。

「どうしたのって、おまえ宛の例のお届け物さ」

桶の縁を這い上ろうと脚を波立たせ、大きな触角が忙しく揺れている。

「よおく見ていただいたら、いったん持ち帰らせていただき、刺身とお吸い物にしてお届けいたしやすが、それでよろしいでしょうか」

手拭いを額にいなせに巻いた若衆が、威勢のよい声をはりあげた。

紺の前掛けに「魚がし」という白文字が染め出されている。

「そうしておくれ。伊勢海老をさばける者などいないし、殻を始末するのも面倒だから」

母が即断した。

その日は早々と店じまい。まだ明るいうちから家族、雇い人全員が顔を揃えての大宴会となった。

きぬは父や義兄と一緒に上座に祭り上げられ、黙々と箸を動かしていた。

ほんのり桜色がかった身は甘く、ぷりっと弾けて何とも言えない味わいだ。

「それにしても豪勢なお祝いだねえ」

「開店から少々経っているけど、それも愛嬌ってとこかねえ」

喧騒の中から、そういう言葉だけが耳を刺激した。

「いけない、そういうことだったんだっ」

はっと気付いたときは「魚がし」に向かって走っていた。

「い、伊勢嘉のきぬと申します」

「へい。何か間違いでもしでかしやしたか？」

息せき切ったきぬに、頭の禿げ上がった大将が心配そうに訊ねた。

「から……伊勢海老の殻はどうされました？」

「殻……でやすか。そいつぁこっちで処分しやすが」

「やめて。あ、あたしが引き取ります」

捨てられたら取り返しがつかないところだった。

後日に大将が、とても十七、八の娘盛りには見えなかったよ、と笑って言った。お小水《しょうすい》を我慢する女の子のように地団駄を踏んでいたらしい。

「長年、商いをやってるが、殻を元通りに戻せって話は初めてでやす。けっこう難しい仕事でした」

脚はもちろん触角までひとつ残らず拾い集めて水洗いし、よく乾かしたあとで、断ち割ったところを膠《にかわ》で繋《つな》ぎ合わせたという。

「で、何をなさるんで？」

わざわざ届けに来たのは、理由を確かめたかったようだ。

「折り紙？　その伊勢海老を、ですかい？」

「そうよ。できれば一枚の紙で、切らずに折りあげたいの」

「へっ。そりゃぶったまげた。もし折れたらあっしにも見せてくれませんか」

「いいわよ、真っ先に知らせにいくわ」

これを安請合《やすうけあい》というのだろう。

それからあとの苦労は、思い出すのも辛いほどだ。

大きいから、細かな部分までよくわかる。ひっくり返したり、真下から見たり、存分に観察して、身体の構造をつかむのは楽だった。

とげとげの付いた円筒状の胴体に続く長い尻尾《しっぽ》。五対の脚は長くて絡まりそうだ。眼がかわいらしくぴょんと飛び出し、頭の左右に長い触角が二対。蟹のような鋏こそないが、見た目の厳《いか》めしさは段違いなだけに、数倍は難しい折りになりそうだ。

「よくもまあ、これだけ複雑な格好になったものね。あんたと比べたら、人間なんて大根みたい」

そう言ってみた途端、背中に水を浴びたように震えが来た。

「これを折る？　思い上がりもいいとこよ」

もうひとりのきぬが呟《つぶや》いた。

――外を歩き回る暇がないから、面白いものが折れないんです。

家事で忙しかったころ、そう言った覚えがある。だから、あの方が長元坊さんに言いつけて届けさせたのだろう。

（眼の前に突きつけられたものが折れないなら、もうおしまいね）

ただひとつの拠《よ》り所である折り紙の神様に見離されるかと思うと、背筋が寒くなった。

(だって、あんたから折り紙を取ったら何が残るのよ)

器量はよくない。動作は鈍い。

もう伊勢嘉にはおばさんたちが陣取っていて、きぬの働き場所はない。

(折るわ。ぜったい折ってみせる)

自分が敵味方に分かれて言い争っていた。

以前なら尻尾を巻いて逃げ出したかもしれないが、長元坊さんたちには山ほど恩がある。それを少しでも返さないうちに、夜逃げなんて許されやしない、ときぬは焦った。

蟹に優るもの……さて何を差し上げようか、と悩んでぶっ倒れたことを思い出した。長元坊さんから高麗人参をいただき、体力を回復した。

(そのあと、何を折ったのだっけ?)

肩の力を抜いたときに、眼に止まったのが福助人形で、それを七変化させてみた。

自分ではさほどとも思わなかったけど、あのお方はえらく褒めてくださったと長元坊さんから聞いている。

とにかく何を折るか、その題材を見つけるのが一番難しい。

(それからすれば、伊勢海老という課題を与えてくださったことに感謝すべきだわ)

きぬは原点の基本型から始めることにした。

四角の紙を三角形に、そして背中合わせの四角形に移り、左右対称の菱形へ。ここまでの段階が鶴の基本型であるくらいは、我流のきぬでも知っていた。

直線の基本型から作られた鶴は鋭角が冴えて美しいが、うずらのような真ん丸い鳥の質感は出しようがない。

そこで基本型を折る段階から折り目をわざと緩く折ったり、紙を反《そ》らせたり丸めたりしながら膨らみを持たせるのが得意技となっている。

脚一本だけ折ることから始めて頭、胴、尾と一部分ずつ折ってみると、案外早く構想が湧いた。案ずるより産むが易し。

次は縦、横各一間《いっけん》（百八十センチ）の大きさに紙を継ぎ足して、大雑把《おおざっぱ》に割り振りをつけてみる。紙と糊は長元坊がたっぷり持ってきてくれているので大助かりだった。

とりかかって二十日ほどで、きぬは実物の半分ほどの海老を折りあげた。と、いってもまだ尾の節や背中のとげとげ、触角、目などの突起はついていない段階だ。

これまでで一番複雑であることは確かだが、四六時中折り紙に没頭できるお陰で、割合早く形を似せることはできた。

だが細かく折り込んでいくまでもなく、今の段階ですでに生命力に欠けている。伊勢海老特有の硬さと艶《つや》やかさが出せないのは、和紙の限界かもしれない。

生命感を伴わない置物なら、殻をそのまま飾って置けばよい。何としてでも紙に命を吹き込まねば完成とはいえぬ。

硬さは厚紙を使えば出せるが、厚みと折り数は反比例する。伊勢海老の折り数は千を超えるかもしれない。もし厚紙で折れたとしても、芋虫のお化けにしかならないだろう。薄紙に硬さを持たせるにはどうしたらよいか。長元坊が現れるまで待って、相談するほど悠長な心境ではない。

父親に頼んで、瓦版や書物を刷《す》っている職人さんに聞いてもらった。すると案の定「どうさ引き」という手法があることがわかった。

にかわの液にみょうばんを少し加えてよくかき混ぜ、自己流の液を作ってみた。和紙の表面に薄く塗って乾かしてみると、たしかに強度が上がる。だが引き裂きには強いが、折りあがりの硬さという点では物足りない。

とはいうものの、思いがけない発見もあった。艶が出るのが滅法いい。本来は墨や絵具の滲《にじ》みを防止するのが目的らしいが、海老の殻の質感が出せそうだとわかっただけで元気が出た。

結局「ほどほどの厚さ」で妥協することにしたのだが、その厚みでも折り目をつけるのが一苦労だった。緩い折り目を多用するだけに、ここぞという箇所はしっかり決めたかった。すべてが緩めでは締まりがなくだらしない仕上がりになる。

適する道具は身近にあった。裁縫に使うヘラに眼をつけた。さっそく使ってみると効果は上々だった。

ヘラを使うことで多少折りやすくなったとはいえ、背中や尾の部分をふっくら盛り上がった形にするのは難しく、かといって平板になると海老とは言い難い。創作は足踏みした。

（いけない。また食べている）

何を折るか、と悩んで食べられなくなり、ぶっ倒れたのが頭にこびりついているせいか、行き詰ると何か食べたくなった。

ひとりで部屋に籠もっていると、注意してくれる人もない。気がつくとまんじゅうを三つも食べてしまっていることもある。

（用心しなきゃ、それこそお嫁にもらってくれる人がいなくなるよ）

きぬは自分を脅しながら、残り物はすっかり平らげていた。

「千手観音《せんじゅかんのん》様のような五対の脚が困るんです」

つい愚痴が出た。

「千手観音は言い過ぎだ」

長元坊が苦笑しながら慰める。

「確かにそうね。五対、十本の脚しかないのに、千手観音は大げさですね」

そうつぶやいただけで、ぐっと楽になった。

「でも、千手観音様ってなぜそんなに多くの手がいるんでしょうか」

「人の悩み、苦しみを取り除くには、仏様でも千本のお手がいる。それほど生きるのは大変というか、人間の欲が深すぎるということじゃろう。だが実際に仏像を造るとなると千本はとうてい無理。だから一本に二十五本分を託し、全部で四十本の手をつけるという決まりになっておるようじゃ」

「伊勢海老のように手足が十本の仏像はあるんですか」

「二本の足に八本の手となると、降三世明王《ごうざんぜみょうおう》様だな。三世とは過去・現在・未来を意味し、その間の三毒つまり欲、怒、迷を退散させてくださるお方なのだそうだ」

せっかく教えてもらったが、一晩寝たらきぬにはその名さえ思い出せないだろう。

長元坊もこれ以上、仏様の話をしても無駄と考えたのか、

「じっと籠もってばかりじゃ苔《こけ》が生えるぞ」

そう言い残して帰っていったのが、一昨日のこと。

きぬは久しぶりに家を出た。節分から数日が過ぎたが、まだ寒さがきつくて外に出る気にならなかったのだ。伊勢海老だけのせいではない。

先日降った大雪はすっかり溶けているが、雪だるまの残骸があちこちに残っていて、心が和んだ。

（たしかに外の景色も見るものだわ）

長元坊に御礼を言いながら、駿河台《するがだい》に通じる坂を上りかけた。

しばらく行くうちに突然、にわか雨に襲われた。お店でも覗こうかと思って出て、不意に逆方向へ足を向けたような按配だから、雨の用意もしていない。

お芝居なら、ここらで傘をさしかけてくれる人が現れるのだろうが、あいにく猫一匹見当たらない。

濡れながら急ぎ足で戻ってきて、誰もいない家に入り自分の部屋で着物を脱ぐ。

——本当におきぬちゃんなの？

近所のおかみさんたちから冷やかされた色鮮やかな小袖に、いま流行《はやり》の太い帯を締めている。

寒さよりも、お気に入りの帯に気を取られていた。

丸帯の芯《しん》が雨のせいで、ふにゃふにゃになっている。

「帯が台無しだわ」

突然、ぴんと来た。

綿入れを羽織るのもそこそこに、手ごろな厚紙を二、三枚摑んで流《ながし》へ走った。

紙を濡らすなどもってのほか。そういう観念を振り捨てて水をかけてみた。すぐに和紙は水を吸って、腰が無くなった。

「こんな荒っぽいやり方はだめだ」

自分を叱りながら、湿らせた布巾で撫でてみる。

「うん、これならいい」

ひとり、にやにやしている姿を見たら、人は気味悪く思ったろう。

これまでなら考えられない厚みの和紙で、折り数の多い伊勢海老が折れた。丸みを帯びつつ鎧《よろい》のような硬さも一緒に折り出せたが、艶も取り込みたい。新たな欲が出た。

完成品の表面に薄茶の絵の具を塗りつけた。折り戻すとまだら模様の一枚の紙。まだらの部分は全体の四分の一ほどであろうか。それが伊勢海老の体表にあたる。その箇所にだけ、どうさ引きを施そう。

さらに念を入れた。紙が乾いたところで裏返し、どうさ引きの部分にヘラで筋をつけた。紙の腰をやわらげておくためだ。

雨に濡れた日からふた月ほど要したが、四月に入るとついに生きた伊勢海老が完成した。

「待つのは慣れておるが、内心ひやひやしておったのじゃ」

長元坊の顔が、ぱあっと光った。

「これでよろしいでしょうか」

「伊勢海老の謎《なぞ》掛《か》けによく気付いたのう。あのお方が眼を丸くなされるぞ」

「またお申し付けください。あたしが伊勢海老を選んだのだったら、きっと途中でやめていたと思います。命じられたからこそ、やり遂げることができました」

「そなたはまたひとつ大きくなったようじゃ。ようがんばったのう」

きぬは天にも昇る気持ちで、長元坊の言葉を胸に刻み込んでいた。

七

伊勢海老を送り届けてから半年目にそれは戻って来た。

「初鰹《はつがつお》が出回る前に届けられてほっと致しました」

長元坊の言葉を、

「鰹は何百匹も捕れようが、この伊勢海老は世に何匹とおらぬ珍品じゃ」

言下に打ち消したほどだ。

(これなら胸をはって献上できる)

重治はひと目で伊勢海老が気に入った。

「これぞ折り紙を超えた折り紙じゃ」

妙な言い回しだが、他に表現する言葉が出てこなかった。

「意味が通じなかったのか、と半ば諦めておったくらいじゃ」

「すぐに悟ったようですが、節の多い尻尾と複雑で数多い脚、長い触角を折り出すのに手間取ったうえに、殻の質感を出すのが大変だったと申しておりました」

「家紋折りのように十枚、二十枚と使えばともかく、一枚の紙では到底折りあがらぬであろうと思っておった」

「されど、そこがきぬの原点」

「左様。それで名をつけてみたのじゃ。不切方形一枚折《ふせつほうけいいちまいお》り、となる」

「不切方形一枚折り。まさにきぬの手法を凝縮した呼び名かと思われまする」

「それがどこまで通じるか、を試したかったのじゃ」

——なぜ、そのようなことを
と、問わぬところが長元坊の心配りであろう。

きぬを困らせたかった。かわいい女の子の気を引きたいがために意地悪を重ねる少年のような気持ち、と言えば近いかもしれぬ。

いやもう一歩突っ込んだ心理であろうか。きぬが「できませぬ」と音をあげたら、手元に引き取りたいという気持ちが萎《しぼ》む。それを一番望んでいたのかもしれぬ。

「まさか一分しか渡さなかったということはなかろうな」

「一分金三枚を与えましたが、なかなか受け取ろうとせず苦労させられました」

「銭だけで評価するというのも、たしかに能がない。かといって贈り物はしばらく見送った方がよかろうし、他に名案があるかとなると……」

「このたびの経緯《いきさつ》から気づいたのでございまするが、紙に着目してはいかがかと存じます」

「紙か。そういえばこの紙は……」

「美濃紙《みのがみ》の中では薄いものの、千回折るのが限界だそうです」

「その方が手配したものじゃな」

「見抜かれてしまいましたか」

「それくらい見抜けぬでどうする」

妻の心を見抜くより、何層倍も易しいぞ、と言いたくなった。

「実はしばらく旅に出ようかと思っておりまする」

江戸には諸国の物産が集まってくるが、紙に関しては物足らぬ。

幕府が必要とする御用紙は破れぬことだけ重視しており、しかも美濃紙に限られている。

「京は帝《みかど》の住まわれる伝統の町。みやびやかな伝統行事や女官の遊びも優雅とのこと。宮中の女が使う油取り紙も極薄だとか。その辺りを見とうなりまして」

「よくぞ申した。気がつくのが遅すぎたくらいじゃ」

筆を取ると、半紙に五十両と書きつけて持たせた。

勘定役に渡せば、すぐに支払われる段取りが出来ている。

その日から重治は仕事を済ますと飽かずに伊勢海老を見続けた。なんとか折り方を摑み取ろうと奮闘したが、ついに自分の伊勢海老は完成せず献上を見送らざるを得なかった。

（やはり、きぬを手元に置くしかない）

そう思い知らされた瞬間、あることを思いついた。

あまり褒められたことではない、と蔑《さげす》みつつ、重治は自分を駆り立てていった。

「魚がしの小僧さんが使いに見えて、ぜひお越しくださいって言って帰りました。よろしくどうぞ」

「わかったわ。ご苦労様」

きぬのがっかりした声にも、しげは気にする様子はない。

伊勢海老を持ち帰ってからふた月になろうかというのに、長元坊は一向に現われない。西国の旅に出るという話は聞いていたが、待つのは長かった。

住居《すまい》がわかっておれば、きぬはとっくに押しかけていただろう。これまで何度も問うたが「山伏はこの大地のすべてが塒《ねぐら》でのう」とはぐらかされている。

あのお方が病気なのかもしれない。いやお仕事が忙しいのだろう。とりとめも無いことを考えているうちに、魚の臭いに包まれていた。

禿げ頭の大将が抱きかかえんばかりに招き入れてくれる。

「よう来てくだすった。さあ、見てくだせえ」

ひと足でも踏み込んだら、真正面のそれが見えぬはずがない。

「あんなところに飾ってもらって、ありがとうございます」

「礼を言うのはこっちの方でやす。中にはあれをくれって言うあわて者がいやしてねえ」

まさか、と思う冗談も悪い気はしない。

「で、なにか?」

「なにかじゃありませんぜ。お代を受け取ってもらえねえって倅《せがれ》がそのまま帰ってきたんで、こっぴどく叱ったんでやす。どうか納めてくんなせい」

大将は半身を奥に突っ込んで、紙包みを取り出した。

「あれは別のお方から注文を受けてたものを、もうひとつ折ったにすぎません。だから差し上げます、って言ったはずです」

「それは聞きやした。けど、なにもそれほどしゃちこばらなくっても、いいじゃありませんか。あっしが勝手に値踏みして、申し訳ありませんがねえ」

しばらく押し問答したが、結局、銭は辞退して江戸前のうなぎが二匹入った籠をぶら下げて帰ることになった。

その翌日も、しげが庭から声をかけてきた。

面倒くさいので黙っていると、

「山伏さんが見えてるんですが」

さっと障子を開けると、しげの驚いた顔。

その後ろで長元坊が笑っていた。

「だから、伊勢海老は文句のつけようがないって話で、しばらく来られなかったのは西国へ行っておったのと、あの方が忙しくなさっていたからだ。病気でもないし、まして愛想づかしってことなどある訳がない」

何度も同じことを、言わされている。

「ああ、よかった。もう会えないかと心配でした」

隣の部屋にいるしげに聞こえないようにという配慮か、きぬの声は小さかった。

「これからも間があくことがあるかもしれないが、悪い方に考えないことだな」

「はい。それで……」

聞こうか、聞くまいか。ためらった。

「なんじゃな？」

「次に折るものは、なにかありますか」

「とくに注文はなかったのう」

「そうですか」

「おっと、そう言えばひとつあった」

「なんでしょう？」

「おまえさんの折り紙に、名がついた」

「名を？　まあ、なんて名でしょうか」

「不切方形一枚折り」

「ふ、ふせつ……」

何度も尋ね、繰り返したが何かしっくりこない。

「では」

「もう、お帰りですか」

「うん。ところで……おまえさん、いくつになった？」

とってつけたような質問だ。今日の長元坊はいつもと違う。

「十八ですが」

「それなら早すぎることもない。どうじゃ、お見合いをする気はないか」

「いえ、早すぎます」

「そう言っているうちに行きそびれるのじゃがのう」

「相手も決めてらっしゃらないくせに」

冗談だろうと決め付けていた。

「わしが相手も探さずに、こんな話をすると思うか」

「なぜ、お見合いを勧めてくださるのですか。もう、きぬの折り紙は要《い》らぬと、はっきりそう言ってください」

長元坊の思惑などわかるはずもなかったが、女の直感がきぬを疑心暗鬼の塊《かたまり》にした。

その一方で、しばらく顔を見せなかったのは、お見合い相手を探していたためだということには、すぐに気付いた。

「いや、折り紙が不要になったから、その、嫁入りさせようというのではない。おまえさんみたいな娘がいつまでもひとりでいる必要はないと思ってのう」

長元坊の困った顔を見ると、余計に感情が高ぶった。

「一生懸命折ったのに、伊勢海老を受け取ったまま全然来てくださらない。初めてお会いしてからもうかれこれ三年も経つのに、銭を払ってくださっている方の名すら教えてもらっていない……あたしなんか、まともに相手する値打ちがない娘なんですね」

胸にしまっていた不満をぶつけたことで、涙があふれてきた。

「それぞれに事情があってのことじゃ。おまえを軽んじているわけではない」

いつも落ち着いている人が、おろおろしているのに気付くと、なおさら悲しくなった。なぜ気に入られたのか。法外な高値の理由は何なのか。あたしをどうしようという腹だったのか。

今までの疑問が一気に押し寄せ、きぬは嗚咽《おえつ》を抑えることができなかった。

「もう来ないでください。二度と折りませんから」

伊勢海老に悪戦苦闘した日々を思い出して、机をどんどん叩いて辛かった気持ちをぶつけていた。

ひとりになってからも、きぬは長い間、ぼうっとしていた。

ぽつんと、先ほどの言葉が浮かんできた。

（不切方形一枚折り……か）

気に入らなかった。

「厳《いかめ》しすぎる」

口に出して、はっとなった。

（やっぱりそうだ。お侍だ……そうに違いない）

時々町中で見かけるお侍は誰でもこわかった。野良犬のように目を吊り上げ、肩を尖《とが》らせている。腰に差した刀がいつ閃《ひらめ》くか、と思うと鳥肌が立った。

喧嘩だっ、という声がかかると、たいていはお侍がからんでいた。とくに喧嘩っぱやいのは旗本の倅と決まっていた。けばけばしい衣装をわざとだらしなく着て、朱色の長い鞘《さや》をこれ見よがしに落とし差しにして、怒鳴るような高い声で話しながら歩く姿を見るたび、親の躾《しつけ》の悪さを罵《ののし》ったものだ。

（あたしが一番望んでいない相手）

旗本だと極《き》め付けた途端、ふたたび全身の力が抜けてしまった。

決意してから九か月、その次の年初に重治はその時を迎えることができた。勝秀の誕生である。

　産婆が危ぶんだほどの早産であることを加味しても、重治が決意してから宿った子か、そのときすでに宿っていたのか、なんとも微妙な時期に生まれたものである。だが延宝五年（一六七七）の一月に生まれた子供は、重治にとって「ある目的を達するための手段」という意味であることに変わりはなかった。

　妻が産んだ二人目の男児であるが、幕府への届け出は三男になる。というのも、長男・重宗が病弱であるため万一にそなえて、実母の孫にあたる品川家の三男・彦五郎を養子に迎え、能見松平家の次男として届けてあるからだ。

　彦五郎との養子縁組を解消せざるを得ない事態が数年後に訪れるが、この時は予測すらできなかった。

　いずれにしても、妻がほっとしたのは間違いないであろう。実際に、重治が期待した以上に上機嫌で、執務中の重治の部屋にも時々顔を見せるようになった。

　家臣たちにも笑顔を見せることが増え、屋敷中の空気が和やかになったと感じることさえできた。

（今だ、この時を逃がす手はない）

　強行突破しよう。断固とした態度で言い渡せば、案外ころりと承諾するかもしれぬ。気位の高い女ほど、横暴な仕打ちに弱いというではないか。

重治は意を決して妻を呼んだ。

「いかがなされましたか。そんな恐いお顔をなされて」

三つ年下の女とは思えない落ち着きぶりだ。

「女をひとり置く。左様心得よ」

眼をつむると、すらすらと言えた。

須磨は何も言わない。眼を開けると、負けだ。じっと耐えた。

やがて、異様な音が聞こえてきた。と思ったら、はじけるような笑い声に変わった。

「うるさい、静まれっ」

「死を賜ろうと、嫌でございます。わ、わらわがいる限り、折り紙娘などに当屋敷の敷居は一歩なりともまたがせませぬ」

「折り紙娘だとっ……」

「図星でございましょう？」

そう言われて重治は返す言葉に詰まった。

須磨はこれ以上ないという嫌味な表情を浮かべていた。

「あなたが女とおっしゃるなら、折り紙と結びつけるより他に考えようがございませぬ。ただ……娘でよろしいのかどうかは、わかりかねます。ひょっとすると嫁に行きそびれた年増女《としまおんな》、あるいは貰い手もないような不器量な女子《おなご》かも」

「おのれっ、わしを侮辱するか」

「成敗なさいますか」

言われて気付くと、脇差の柄《つか》を握っていた。

「さあ、お斬りなさいませ。折り紙にかまける主人を眺め暮らすより、あの世に行く方がよほど性に合っております。父もよくやったと褒めてくれるでしょう。

これ市之進。羽交い絞めを解いて殿を自由にさせてあげなされ」

「いえ、離すわけにはまいりませぬ。どうかおふたりともお気を鎮めてくださりませ」

市之進の悲痛な声に、重治の力が萎えた。

取巻きがみな集まっている。その中でも須磨の輿入《こしい》れから付き添ってきた老女の冷ややかな顔つきが目障りだった。

「もうよい。みな下がれ」

屈辱の言葉を吐き出し、どすんと座り込んだ。

重治の完敗だった。しかも尾を引く結果となった。

最初で最後の派手な夫婦喧嘩で、威厳を損ねたことはともかくとして、自分自身の卑怯さを見せ付けられることになったのが悔しかった。

子作りに励んだこの一年は何だったのだろう。勝秀の顔を見たり、奥から泣き声が聞こえてくる都度、済まないという気に襲われた。

長男の重宗や長女の布由《ふゆ》には抱いたことのない感情だった。

人の世は、わずかな喜びと多大な困難に満ちたものだと痛感している。それなのに、なぜ子を作ったのだ。

乳呑児《ちのみご》から責められている気がした。この先死ぬまで後ろめたい気持ちが解けることはないだろう。


「お待ちくだされ」

市之進の声が聞こえるか聞こえないうちに、からりと襖が開いた。

「お邪魔いたしますぞ」

半白髪《はんしらが》の逞しい男がぬっと入って来た。

「伝内《でんない》、呼んではおらぬぞ」

「佐々木伝内、ちと殿に申し上げたきことがござって参りました」

厄介《やっかい》な奴を寄越しおった、と重治は眉をひそめた。

「それがしの指導が不十分であったことは否めませぬが、まさかこれほど軟弱に育てておったとは情けない」

「大げさに言うものではない。それに、何もかもおまえのせいにする方が間違っておるのじゃ」

「いや、それがしは須磨どのの指図を丸ごと受け入れるつもりはありませぬ。これから申すことはあくまでそれがしの一存」

「わかったわかった。早う申せ」

「面倒臭そうに申されるな。それがしも須磨どのに理があると思いまする。これを機に折り紙はきっぱりやめる、と誓うてくだされい」

養父が選んだ守《も》り役だった。

来る日も来る日も朝から晩まで、この男は重治のことだけを考えていた。礼儀を教え、剣や弓矢の手ほどきをし、馬を駆って遠出するのも、川原で水を浴びるのも一緒だった。孔子や孟子の書を素読することも、この男が教えてくれた。

重治が兄と慕い師と仰ぐ年月は、養父の座を継ぐまでの十年間の長きに亘《わた》ったのだ。

「おまえがそこまで申すなら、考え直すのもやぶさかではないが、その前にひとつ願いを聞いてくれるか」

「なんなりと仰せつけくだされ」

「未練を残さぬよう、問題の折り紙を真っぷたつに斬り捨ててくれい」

「おやすい御用でござる」

ふたつ返事で答えたが、腕に自信のある伝内だけに不満の色が浮かんでいる。

重治は気付かぬふりで、蟹を手にすると庭に下りた。

市之進もついてくる。伝内の伝説の太刀筋《たちすじ》を見られる好機と踏んだのであろう。ちょうど腰の辺りに伸びた松の枝の先端にそっと置いた。

「ごめん」

伝内は間合いを詰めると足の位置を決め、腰をやや落とすと、すらりと脇差を抜いた。しばらく待っても「きえ〜」という得意の気合がかからない。

「まいりました」

力のない声が洩れてきた。

「どうしたのじゃ」

「生き物を殺すのは、それがしの忌《い》み嫌うところ」

「何を申す。ただの折り紙ではないか」

「初めはそう思うておりました。いざ斬ろうと睨んで、本物に見えたのでござる。これを斬るのは蟹を殺すも同然。恐れ入りました」

作戦が見事に当たったのは、子供の頃の教えを覚えていたからである。

養子に来て間もない頃、重治の遊び相手は虫や小さな動物だった。だが、それらを可愛がるのではない。逆に虐《いじ》めることで溜飲《りゅういん》を下げ、自分を慰めていた。

ある日、雨蛙の尻に麦わらをつっこんで空気を吹き込み、ぱんぱんに腹を膨らませて喜んでいるところを、見つかってしまった。

烈火のごとく怒る。真っ赤な顔を見た瞬間、そう覚悟したが、聞こえてきたのはいつもの声だ。

「動物を傷つけたり、殺したりしてはなりませんぞ」

「では人を斬ったり殺すこともできぬな。上様に命じられた戦でも、ただ傍観しているしかないわけだ」

そういう小憎ったらしい屁理屈には長《た》けている子供だった。

「人は別でござる」

「なにっ。動物より人の命が軽いというのか」

「虫や蛙は逃げてもすぐ捕《つか》まります。人に抗《あらが》っても勝ち目はない。つまり対等ではないということです。

だが人は違う。互いに殺し合うつもりで対等に戦える。力で勝てないなら知恵で勝つ道があり、どちらでも勝てぬとあらば逃げればよい。

相手が人間である以上、殺さなければ殺される。武士が戦うというのはそういう場合でござるぞ」

それ以来、重治は一度も動物を虐めたことはない。

伝内をかわし、やれやれと思っていたら、今度は義父の招きが舞い込んだ。行きたくないのは山々だが、断ることができない。

「役目上の難題を抱えている」

と言おうものなら、

「わしの方が百倍も大変だ」

となるであろうし、

「予定が詰まっている」

と言えば、

「わしが話をつけてやろう。相手の名を言え」

と出るのはわかりきっている。

仮病を使うしかないが、あいにく身体は生まれつき丈夫で、これまで風邪ひとつひいたことがない。病気がちの長男が、自分の血を受け継いでいるとは思えないほど頑健なのだ。そういう重治が具合が悪いと言っても、見え透《す》いた嘘だと見抜いて、須磨が黙っているはずがない。

それに呼び出された時刻は、登城も来客もない空白の時間。周到に確かめて招いたに違いない。

妻が凝視する中で、老女に羽織、袴《はかま》から足袋《たび》まで着せられ、一分の隙も無い出立《いでたち》で玄関の式台に出た。

そこにはすでに久世家の家紋が描かれた大名駕籠が待っている。供に土産物《みやげもの》を担がせ、前後にふたりずつ護衛の若侍を配して出立した。

外桜田の屋敷から、大名小路の久世家上屋敷まではたったの半里（二キロ）。ゆったり駕籠で揺られて半刻（一時間）もあれば着く。須磨が気軽に実家に戻るのも頷ける距離だ。

久世家自慢の客部屋に案内されると、意外なことに先客がいた。大久保加賀守忠朝《かがのかみただとも》だ。大久保忠隣《ただちか》を祖とする名門で、重治より十歳年長。

「極秘の事柄じゃが大久保殿は来年、唐津《からつ》藩から佐倉藩に移封される予定である」

厳粛《げんしゅく》な口調で義父が洩らした。途端に、聡明な重治はぴんと来た。

（ひょっとすると老中に……）

唐津藩には長崎警護という重要な役目があり、幕政に参加するのは好ましくないとされているからである。

重治が丁重に挨拶すると、大久保も碁盤からやや離れて丁寧に辞儀を返した。

「今から加賀守殿が報復戦を挑まれるので、終わるまでそこに控えておれ」

義父は機嫌のよい声で告げると、黒石を相手の右のアキ隅に打った。

すでに盤上には二個の白石が置かれている。当時は上位者が黒石を持つのが通例とされていた。

早い碁だった。無言のまま盤上の戦いは進み、半刻ほどで白が負けを認め、盤が八割近く埋まった勝負は終わりを告げた。

義父が勝敗の分かれ目を説明し終えると、大久保は帰ると言い、立ち上がった。重治もすぐに続き、義父の代わりに玄関まで見送った。

部屋に戻ると、義父がたったいま終わったばかりの勝負を、再現している途中だった。

「お帰りになりました」

「うむ。あの男はわしの後押しで近々老中に昇格する。そのお返しが、おまえの寺社奉行推挙という筋書きじゃ。近日中にやつの屋敷に挨拶に行っておくのだぞ」

石を置きながら、びしりと命じた。

寺社奉行に選ばれると次は大坂城代、若年寄を経て老中という出世を保証されたようなもの。徳川家臣の誰もが嘱望してやまない地位である。

「承知いたしました。いつもながらのご支援、衷心より御礼申し上げまする」

特別嬉しいわけでもないが、反射的に頭を下げていた。

心の内では義父に反発しているが、実際に対面すると蛇に睨まれた蛙になってしまう。老中という権威だけではない。古武士然とした言動に圧迫感を感じるのであろう。

「ところで重治。若い女が欲しければ素直にそう申せ。下手な口実を使わなくとも、わしがそれなりの女を世話してやるし、須磨にも反対などさせぬ」

やはりそのことか。

「恐れ入りました。父上のお耳を汚したるはそれがし一生の不覚。二度と同じ騒動は起こしませせぬゆえ、きっぱりお忘れくださいますようお願い申し上げます」

あらかじめ用意してきた言上を述べるだけで、脇腹を汗が伝い落ちた。

「須磨を勝気な女に育てたのはこのわしじゃ。時には気安い女が欲しゅうなるのも無理はない」

「いいえ、そういう訳ではございませぬ」

「まあ好きにするがよい。ただ離縁は許さぬぞ」

「何を仰せになられますやら。離縁など考えたこともございませぬ。父上の宝を預かっておる以上、あだやおろそかには致しませぬゆえ、どうかお心安らかにお願い申し上げまする」

狐と狸の化かし合いだが、重治が押しまくられていた。

「もうよい。女の件は終わりだ」

義父の言葉に、ほっと一息ついた途端に、第二の矢が飛んできた。

「碁でも始めたらどうだ。おまえの頭ならすぐに幕閣の連中と互角に打てるようになろう」

折り紙などやめて碁にせよ、という命令か。

「碁、将棋打ちも寺社奉行の管轄下だ。素養がある方が侮られずに済む」

寺社奉行を出汁《だし》に二度も追従《ついしょう》を言わされるのが嫌で、矛先《ほこさき》をかわそうと思った。

「それがし碁にはとんと縁がございませぬ。先ほどは白黒二百九十六の石が置かれたところで勝負があったようですが、どうして勝ちが決まるのかさえ知りませぬ」

「ほう、置かれた石を数えておったのか」

義父の口調が変わった。

「はい、何となく順序まで覚えてしまいました」

「なにっ。置き順まで覚えていると申すか？」

「折形を覚える要領とよく似ておりますもので」

折り紙と言わずに折形と告げたことも、義父には通じていないようだ。

顔つきが異常だった。

「ならば、これからあとを続けてみせよ」

まだ三十七の石しか並んでいない碁盤を顎で指した。

血走った眼に促されて向かい正面に座ると、重治は白黒の石を引き寄せた。

「少々直してよろしいでしょうか」

「違っている……と申すか」

「なんとなく景色が違《ちご》うて見えまする」

「勝手にしろ」

ひとつ、ふたつ。

白二個、黒三個拾い上げたところで納得がいった。

「では、始めまする」

義父が頷くのを眼の隅におさめながら、黒石を置いた。

しばらくは無心になれた。碁というのも案外、面白いかもしれぬ、と思ったときには全部の石を置き終えていた。

「これでよろしかったでしょうや」

義父の顔が違って見えた。

しばらく前の威厳はすっかり消え失せ、どこにでもいる老人のやつれた顔がそこにあった。

きぬを手元に置くことをきっぱり諦めた重治は、初心に帰って、奏者番の役務に励むようになった。

胸に秘めた理由《わけ》がある。

(近いうちに寺社奉行を拝命する)

義父が断言した以上、疑う余地のないことだ。

同じ奏者番の朋輩に比べると、なんとしても寺社奉行に、という気持ちは弱い。いやむしろ、ならなくともよい、とさえ思っていた。

主家が生きるか死ぬか、という存亡の淵に立たされている時ならともかく、不安要因は取り除かれ、武より知の時代を迎えている。そういう中での功名争いは、相手の失敗をあげつらい、あるいは中傷し、自慢・傲慢を省《かえり》みない醜いものとならざるを得ない。

義父の久世広之がいい例だ。口先だけで相手を蹴落とし、利用できる弱い相手を食いつくし、強い相手には迎合・妥協することで老中にまでのし上がった。

――幕閣の要人になることが、より上様に尽くせる道じゃ。

義父の言い分にも一理ある。そう信じることが唯一、重治に出世《しゅっせ》競争を是認させる根拠なのだが、他方、老中にならずとも忠義の道はある、との信念があり、どちらかというと後者の方が強かった。

だが寺社奉行就任が既定のこととなった以上、割り切らざるを得ない。

必ず昇格するのなら、誰もが納得する人事にするしかない、と重治は心に決めた。

――老中・久世広之の娘婿だからよ。つまり、女房の尻に乗っかった出世蛍《ぼたる》にすぎぬ。

衆道《しゅどう》や閨閥《けいばつ》で出世した男は、尻を光らせて飛ぶ蛍に譬《たと》えられることが多かった。そう言わせることだけは、断じて許さぬぞ。

そのために精魂傾けて奏者番の役務に邁進し、世評を高めようと動き出したのであった。やるとなったら、徹底せずに済まないのが重治の性格だ。

「もはや折り紙は要らぬゆえ、左様心得よ」

　冷淡さを装うつもりのようだが、重治の顔には赤みが差していた。

「きぬを見限れ、との仰せにございまするか」

　長元坊が質《ただ》すのを無視するように、

「市之進、入れ」

　小姓を呼び入れた。

「折り紙はひとつ残らず片付けよ」

「はっ」

「すぐにやれ」

「どちらへ？」

　言うが早いか、立ち上がる。

「奥じゃ。済んだら呼べ」

　理由を告げずに消えた。

「何があったのですか」

「わからぬ」

　不審そうな市之進の眼に、長元坊は首を振った。

外桜田の屋敷には来客が引きも切らないように押しかける。とくに初の御目見えを控えた若者には、入念に作法を教え込むため、二度、三度と来させるようにしたからだ。

領国のたたずまいを詳しく聞き取り、その地に特有の産物の中から献上品を選び出させると同時に、藩祖の手柄は省いて、いま取り組んでいる治世の要点や、領地で行なった土木治水工事などを拾い上げ、将軍に言上する中身をとことん吟味することに努めた。

周到な準備は拝謁の際に如実に現れた。自信にあふれた動作と印象に残る進物、はっと思わせる治世の紹介によって、上様や同席の老中の覚えめでたい結果になったとの評判が続出するようになった。

自らが心の通う拝謁ができたことで、上様への親近感が増すどころか心の底から忠誠心が湧き上がってきたことを忘れていない。養父がお膳立てをしてくれたお陰だと、重治は感謝していた。

その恩返しをしているつもりだった。主従の結び付きが深まれば深まるほど幕府は安泰。家綱様も後々の世まで名君と崇《あが》められることであろう。それが重治の為せる忠義であった。折り紙を封印した重治だが、諸大名と会うときに手渡す家紋折りだけは別だった。前よりもいっそう熱心になった。

武士にとって何よりも大事な家名。それを象徴する家紋は、羽織はもちろん駕籠、提灯、傘、風呂敷など何にでも記されている。その家紋を折りあげた苦心の作を渡されると、どんな荒武者顔も無邪気にほころぶのだ。

難しい紋は実際数多くあった。行き詰まると、きぬの伊勢海老を頭に浮かべる。あれほど難しいものでも一枚折りできる。何枚でも気儘《きまま》につかえる家紋折りに、できぬ紋などあるものか。そう自分を叱咤して、なんとか折りあげた。

——どうすれば折れるのか。ぜひ教えてくだされ。

頼まれるのがわかっているので、それにも対処することにした。折り図である。

折形は子々孫々に伝承するため、手順を簡潔に記した巻物で残されるのが普通だが、気の利いた家では図を付けることもあった。

折り図は展開図と言い換えてもよい。ひと折りごとの形状が図で示されているため、初めての人でも折りやすい。とはいえ、図を描くのは容易ではない。

そもそも折形や折り紙は人から人へ、直接手ほどきしながら伝える文化なのだ。それを文章や絵で果たそうというのだから、最初から無理がある。

文章だけで手ほどきも受けたことのない者に折り紙を折らせることは不可能であろう。図を使うことで伝え易くはなるが、折り図ともなれば大変だ。誰にもわかり、かつ簡潔にとなると口で言うほど簡単ではないし、折るのとはまるで違った才能がいる。

折り筋が山形につく「山折り」を実線、谷形につく「谷折り」を破線としたり、鶴の頭部を折るときのように先端を開きながら谷折りする「中割り折り」は矢線にするなどの工夫が欠かせない。複雑な作品を折らせるには、絵心にあふれた図が不可欠だ。

家紋折りと折り図が好評で、わざわざ妻の須磨にまで礼を述べる者がいる。それが度重なるうちに、いつしか須磨も折り図だけは認めるようになっていた。

重治が役務に没頭する日々を一年余りも続けた結果、須磨の重治に対する態度は確かに変わってきている。見下したような目つきは敬うような目配りへ、対等な言葉遣いはへりくだったそれへと転じていた。変化が緩やかだったので、なかなか気付かなかっただけである。

どうやら義父の影響らしい。碁の一件以来、義父は人前でも「重治殿」と呼ぶようになり、言葉遣いも丁寧になった。ときに畏敬の眼差しを向けられるのが、重荷に感じられるほど変貌していたのである。

さらに須磨と義父の軟化を決定的にする出来事が生じた。義父の予言通り寺社奉行を兼務するよう仰せつかった。正式発令は延宝六年（一六七八）三月二十二日付であった。

八

「きぬ、ちょっと来ておくれ」

母について茶の間にいくと、父も待ち受けていた。

「ほれ、長崎堂のカステイラよ。仕入先からのもらい物」

「わたしはやめておくわ」

本心は食べたいのだが、その手に乗るものか、と断った。

「おまえも二十一になったから……」

また歳のことを言う。意識していることを指摘されるほど腹立たしいことはない。

(自分でも大人にならなけりゃ、と思って、あたしをわたしに変えたのよ。そんなことにも気付かぬくせに)

「おとっつぁん、お見合いは嫌よ」

みなまで言わせず、遮った。

長元坊に見合いを勧められ、大泣きしてからもう三年が経っている。

この間、きぬは近所の子供たちに折り紙を教えて過ごしてきた。

読み書きを習わせるにはちょっと早いが、折り紙ならという親心でけっこう人気が出た。今では十人単位で五組を教えている。

実はこれも長元坊がお膳立てしてくれたことなのだ。小遣い稼ぎ程度にしかならないが、人に教えるという仕事は張り合いがあった。

傑作を生み出さねばという緊張から解放され、子供に返ったつもりで折り紙を楽しむ毎日を送っている。

寂しいのは長元坊の足が遠のいたこと。作品を持ち帰っていただいていた頃の再現はならずとも、せめて顔だけでも見せて欲しい。

(でも、仕方がないか。見限られたんだもの)

——伊勢海老を超える物ならいつでも受け取る。

長元坊の言葉は、金主が手を引いたということだと受け取るしかない。

(だって、あれを凌ぐものというと、ちょっとやそっとで折れっこないんだもの)

金主が昨年、寺社奉行を拝命したことなど、当然知るわけがない。

「ねえ、ちょっと聞いて、きぬ。長元坊さんが薦めてくださった話の再燃だけど、それでも興味はないかい?」

母のひと言で気が変わった。

「えっ、あの話がまだ生きてるの?」

今度は人を介さず、相手方のお父さんが直接、店に訪ねて来て打診したというのだ。感触が悪ければすぐに消えるのが、お見合い話というものだ。まだ脈があると聞いて、なんだか嬉しくなり、相手の顔だけでも拝んでみようか、という気になった。

むろん、歳のことが一番の原因だ。いつまでも断っていては、一生ひとり暮らしする羽目になる。

十日後に奈良屋の二階で食事を取る格好で、お見合いは始まった。

きぬは白地に牡丹の花を散らした着尺《きじゃく》つけ下げの小紋の振袖に、飛び柄の丸帯を締め、両親に挟まれるような位置に座った。

すぐに黒の羽織袴の老若《ろうにゃく》ふたりの男が案内されて来ると、正面に腰を下ろす。

堅苦しい形式や世話人は省こうという、事前の下打ち合わせができていた。

「これが長男の晋吉《しんきち》です。あっしは晋三、家業は染物屋でございます」

最初から「断られるつもり」だったので、わざと無作法に相手を見た。

すると晋吉の方があわてて眼を伏せた。

(十二も年上のくせに、子供っぽい人)

好意を抱いた。

お見合いの場では優位に立っていたつもりなのに、ふたりきりで散策となると、今度はきぬも子供に戻った。

「ええ」とか「そう」としか言葉が出ない。

ぎこちなく歩いて、大川端の茶店で腰を下ろすと、どっと疲れが出た。

熱いお茶とお団子を口にして、ようやくひと息ついた。

「おいら、あんたの伊勢海老を見たんだぜ。これは凄いやって思うと、嫌なお見合いもしてみようかな、って気になったんだ」

「えっ、魚がしに行ったんですか」

すんなり言葉が出た。

「山伏さんが連れていってくれたんだ」

「長元坊さんが……」

「あれを折るのに、何日かかったんだい？」

「え～と、何日だったかな」

それから、すらすら話が弾んだし、ふたりともよく笑った。

「晋吉さんはどんなお仕事をしているの？」

「これさ」

懐から手拭いを取り出した。

広げてみると、朝顔の模様が入っている。

「まあ、きれい」

模様は簡素だが、紺と紅《あか》が基調で濃淡もうまく染め分けられている。

古着を見慣れたきぬには、染めたばかりの色が新鮮だった。

「染めたての手拭いって、こんなに綺麗だったんだ」

たまに新しい手拭いを母が下ろしても、地味な柄ばかり。まともに見たことがない。

「気に入ったのならあげるよ」

「ありがとう。わたしも折り紙を持ってくればよかった」

「では今度、持ってきてくれないか」

「ええ、いいわ」

日没を告げるお寺の鐘の音が聞こえるまで、あっという間のことだった。

「どうだった、きぬ」

せんが顔を出した。子供が一斉にまとわりついてくる。

「いい人みたい」

「でも三十三までひとりでいたなんて」

さとは反対らしい。

「お母さんがご病気で十年も寝てらっしゃったそうよ。それで嫁に負担をかけちゃかわいそうだと、この前は遠慮されたところ、そのあとしばらく経って亡くなったらしい。先々月に三回忌も終わったというので、もう一度尋ねてくれと長元坊さんに言ってみえたそうよ。

すると、長元坊さんが直に当たってみろ、とおっしゃったんですって」

「家事はどうしてたんだろう」

「弟さんの嫁が面倒を見てたらしい。でも安心しな、きぬ。晋吉さんが嫁をもらったら別居するらしいから」

母が言い添えた。

「折り紙のお陰ね。わたしも、もっと続けてればよかった」

さとの言い草にはちょっぴり腹が立ったが、折り紙のお陰、って言葉には異存がなかった。

きぬは晋吉から貰った手拭いを、見せようか見せまいか、迷っていたが、結局見せないことにした。

母や姉のことだから、勝手なことを言ってこきおろすかもしれない。それが晋吉を傷つけるような気がして、見せるのをやめた。

その日から、独《ひと》り言《ごと》を言うのにも張り合いができた。

これまでは顔のない相手に語りかけていた。それはそれで胸がどきどきしたが、相手が旗本だと思い込んでからは、きぬの気持ちは萎み勝ちになっていた。

いくら優しくしてもらったって、大変なお世話になったからって、旗本が相手なら腰が引けてしまう。長元坊さんのような方が、なぜ旗本なんかに仕えてらっしゃるんだろう。

（ちょうど潮時だ。伊勢海老が切れ目となったのも、何かの縁かもしれない）

きぬはだんだん寂しく感じないようになっていた。顔無しの相手に変わって、まともに顔を見ることができる相手ができたからだ。

毎晩、きぬは手拭いを顔の前にかざして「おやすみ」を言って寝につき、「おはよう」と手拭いに挨拶してから起きるようになっていた。


長元坊は月に一度は律儀に訪ねて来るが、多忙を理由に重治は会わないことが多くなっていた。たまに会っても折り紙を禁句にしているため、話は弾まない。

久々の長話は国許・佐貫のすぐお隣が廃藩になったという寂しい話題である。この年、延宝七年（一六七九）八月に上総久留里《かずさくるり》藩を不幸が襲った。

藩主の土屋頼直は癲癇《てんかん》の持病があり、度々殿中でも失神し評判はよくなかった。その上、成長した実子があったにも拘らず、御目見えの申請もしていなかったことが発覚し、藩主の自覚が足らぬという理由で改易に追い込まれた。

「城の明け渡しと、藩士たちが立ち去る様子を見てまいりましたが、ついつい貰い泣きしてしまいました」

長元坊の声はまだ湿っぽさを引きずっている。

「土屋殿に自覚がなかったのが一番の原因だが、ここまで放っておいた側近たちも無策じゃのう」

御目見えの件くらいは相談に乗れたのに、と思ったが、すぐ打ち消した。奏者番よりも寺社奉行の職務に追われている現状では、その余裕はなかったし、相手もそれを承知していたのだろう。

（寺社奉行になったら再開しよう、と思うておったが、その地位に就いてはや一年あまり。前よりいっそう折り紙は遠くなってしもうた）

寺社奉行は勘定奉行、町奉行と合わせて三奉行と呼ばれる重職である。その名が示す通り全国の寺院・神社の統制、寺社領の領民支配が主たる任務で、激務とみなされていたが実際その通りで、要領のよい重治でさえ時間に追われていた。

定員は四名で、二十数名の奏者番の中から特に優秀な者が選ばれ兼務する。月ごと交代の月番制であるが、訴訟などに関しては全員が集まって協議するのが常だった。

――わしは寺社奉行の初代で、しかも二十三年四か月も勤め上げたのじゃぞ。

それが亡くなった養父の自慢でもあった。

怪僧と呼ばれた金地院崇伝《こんちいんすうでん》に任されていた寺社の管理が役職として確立され、初代奉行に任命されたのが安藤重長《あんどうしげなが》、堀利重《ほりとししげ》と重治の養父・松平勝隆だった。

勝隆の在任期間はその後に続く歴代奉行約二百名の誰ひとり超えることができない最長記録になるが、それは徳川の世が終わってからわかることで、重治の知るところではない。

寺社奉行を拝命したことで家綱様との距離が前にも増して縮まった。そのことだけで重治の気持ちは新たになった。

（もはや折り紙に頼る必要はない）

奉行本来の務めを果たすことで家綱様を支えようという気概が、ふつふつと沸き上がって来た。

開府当初は老中の下に置かれていた寺社奉行職だが、将軍直属に改められてからすでに十六年が過ぎていた。直に接することで、家綱様が文武両道にわたって意欲的で、非常な努力家でもあるということを再認識できた。

年始だけでも乗馬始め、剣術始め、絵始め、謡《うたい》始めと行事が目白押し。自ら絵筆を取られたり、碁や将棋にふけられたりすることも度々で、茶道も好まれる。

十一歳で就任されたから、下々には意志薄弱で消極的な飾り物と思われがちだが、実際はまるで逆だった。

「折り紙始めも加えるか。女正月に花を添えることになるぞ」

「いずれ」

「いずれ……とは、歯切れが悪いのう」

「恐れながら行事、催し物の類《たぐい》は減らしこそすれ、これ以上増やすべきではなかろう、と愚考いたしております」

「これは手厳しい。行事を減らしてどうせよと言うのじゃ。遠慮なく申してみろ」

「ははっ。さればときおり城の外にお出ましになる、というのはいかがでしょうや」

「庶民の暮らしを見ろ、と言うか」

「御意《ぎょい》。士道が正しく行き渡っているか、町の者がどれほど活気にあふれているか、などを垣間見《かいまみ》ることもできましょう」

「覚えがあるようじゃのう」

「ははっ。たった一度だけ」

「ふうむ。どうであった？」

「あれほど胸が弾んだことはありませぬ」

「面白そうだが、正体を見抜かれはしまいか」

「ご心配には及びませぬ。その手筈も身をもって試し済みでございます」

「うっふっふ。考えておこう」

（上様は世の鑑《かがみ》であって欲しい。常に三百諸侯に眼を注ぎ、善政に心がけ、人の道を正していただきたい）

自分では気付かないうちに、それまで毛嫌いしていた義父・久世広之のお株を奪い、お心を癒すという初心を見失っている。

お役目に没頭する一方で、私的な忙しさが輪をかけた。

祝い事では四男・信方《のぶかた》の誕生と、養女の次女を嫁に出したこと、凶事では義父・久世広之が病死したことなどである。

だが私的には重大なことでも、それにかまけているのは許されなかった。

そんなふうだったから、長元坊の申し出にも軽く応じることができた。

「今日はあえて、ひと言述べさせていただきまする」

禁を犯そうという緊張が顔をこわばらせている。

「申せ」

「きぬに縁談がございます。どこから見ても似合いの相手でござれば、快く認めてやりとうございまするが」

(なんだ、そんなことか)

「よいではないか。しかるべく祝いの品を届けておいてくれい」

「かたじけのうございます」

表情が緩んだのを見ると、長元坊も老いた、と思ったものだ。

(こやつにも娘がいたはずだ。自分の娘を嫁がすような、一途な思いなのであろう)

人の胸の奥を推《お》し量る一方、己自身はどうなんだ、と問いかけるのを忘れている。重治はそういう自分にすら気付いていなかった。

天蓋《てんがい》と呼ばれる編み笠をすっぽり被っていても、案外、外の景色はよく見える。ただ日光の直射を受けて熱が籠もるのには閉口した。

(顔に何やら塗りたくられずに良かったわい)

前回のように日焼け顔に化けていたら、汗で汚れて大変なことになっていたであろう。化けるのも楽だった。白の小袖に黒の小袖を重ねて帯を締め、肩から上腕部までを覆う短い袈裟を羽織るだけ。袴は着けず白の脚絆に草鞋履きという軽装だ。小道具も首から吊るす偈箱《げばこ》に尺八一本のみ。何よりも天蓋で首から上を隠せるので人目が気にならぬ。

(わしの思いつきも悪くはないぞ。どうじゃ長元坊)

重治はそう自慢したくてうずうずしているが、同じ虚無僧《こむそう》姿で供をしているのは小姓の市之進だ。うろ覚えの重治の記憶を元に、扮装小屋と伊勢嘉を探し当てたのには驚いた。

長元坊には遠出の用事を言いつけ、前回と同じ段取りで屋敷を抜け出した。

『一回限りですぞ』と釘を刺されたのもさることながら、折り紙ときぬを遠ざけてきた手前、長元坊に頼むわけにはいかぬ。

虚無僧が駕籠に乗っては怪しまれると、扮装小屋から歩いたのも、たっぷり町人の町並みを堪能することにつながった。

そしていよいよ伊勢嘉の前に着いた。

——尺八を吹けずとも大丈夫かのう?

——商家の前で尺八など吹けば、かえって嫌がられるそうでございます。

事前に交わした会話を思い出し、心の内の不安と戦いながら店の中を覗き込む。

「店が大きくなったとは聞いていたが、なかなかのものだ。待てよ。女も五人雇ったと言っておったゆえ、きぬは店におらぬかもしれぬぞ」

天蓋を被っているのに安心して、無意識に独り言を呟いていた。

「まあ、お二人揃った虚無僧さんもんてのも珍しいわ」

「本当ね。今はお客さんも少ないし、尺八の相吹きでもやってもらおうよ」

店の女が目ざとく見つけ、近寄って来た。

（まずい……）

と思った瞬間、

「あっ、お嬢さん」

面《めん》に一本、したたかな一撃を食らったような衝撃だった。

背後に来たのが誰か、確かめるまでもない。逃げようと思ったが、足が動かない。

「わたしの折り紙を買い上げてくださっていたお方ですね」

弾むような声に、全身が絡め取られた気がした。

「い、いいや。人違いじゃ」

「お待ちください。身なりこそ違っておりますが、前に一度、牢人に化けてわたしを盗み見された方でございます。いくら外見を変えようと骨格、体形は同じでございますよ」

「ば、馬鹿を申すな。ぶ、無礼じゃぞ」
二、三歩進んだが、むんずと帯を摑まれた。
「さあ、被り物を取って、お顔を見せてくださいませ」

娘とは思えぬ力が、天蓋を毟《むし》り取る。

「よさぬかっ」

声を振り絞ったところで眼が覚めた。

ふう〜っと重治は溜息を吐き出した。

夜明けまでには間があるようだが、すぐには寝付けそうにない。一度眠りが途切れると、再び寝付くのに時間がかかるのが癖だった。

（それにしても生々しい夢だった。だがせめて、きぬの顔を拝んでおくべきだった）

夢の中の自分の弱気を悔しがってみる。

（やはり折り紙ときぬへの未練は消えておらぬようじゃ）

そう認める反面、打ち消したい気持ちも強い。

「未練と言うより、昼間に上様と交わした話の中で扮装して町中に出た過去《こと》を思い出したのが、伏線になったのだ。さらに、きぬにお見合いの話があると長元坊がぬかしおったことも重なり、あのような夢を見たにすぎぬ」

口に出して言ってみたのも、そう思い込みたかったからだろう。

後日に振り返ってみると、この夢を見た夜が大きな分岐点になっていたことに気付かされる。

和やかで楽しかった日々は、この日を境に辛く厳しい日々へと変わっていく。夢がそれを暗示していたことを、その瞬間に悟れ、という方が無理というものだった。


このまま仕事に没頭し、大老になって須磨と亡き義父を見返してやったら、さぞ溜飲が下がることだろう。きぬも子供たちに折り紙を教えるという新たな生き様を見つけたようだし、大名屋敷に住まわせ気苦労をさせるよりよかったかもしれない。

忙しさから解放されるほんの束の間、重治はそうした思いに浸《ひた》ることがあった。

――重職に就かれて、さぞ大変でござろう。

顔馴染《かおなじ》みは言葉の上では同情を伝え、羨望をあらわに擦り寄ってくるが、重治は仕事に苦痛を感じることもなかったし、寺社奉行になったことを自慢する気持ちもなかった。

変わったことと言えば、折り紙から遠ざかっていることと、いつ改易という災難に襲われるかという恐怖心が薄れていることくらいであった。

重治のわずかな変化を長元坊は見て取ったらしく、訪ねて来る機会も減っていたのだが、それが取り返しのつかない事態を招こうとは想像もつかなかった。

延宝八年（一六八〇）の年が明け、正月行事も一段落した頃のこと。

五か月ぶりに重治は長元坊と長談義をした。国許・佐貫の様子、改易になった諸藩の動静に始まり、きぬの花嫁修業ぶりなども話題に上った。

ようやく話も尽きようという時に、ふと聞いてみる気になった。

「ところで、おぬし。咳止めの良薬を知らぬか」

諸国で修行した身ということに、過重な期待を抱いたつもりはない。あえて言うなら、虫が知らせたとでもいうのだろうか。

「いつごろから続いておりまするか」

「そうよのう。わしが気にするようになってからでもふた月、いや三月かな。軽い咳なので、ただの風邪かもしれぬが」

数日前に眼にした様子は、軽いといえる状態ではなくなっていた。

色白の上様が顔を真っ赤にして咳き込んでも、痰《たん》が切れない。咳の合間に吸う息がひゅうひゅうと鳴るのを、耐え難い思いで聞いていた。

「詳しくお聞かせください」

長元坊は険しい顔つきで、問いを連発した。

咳の様子、痰の有無、身体の痩せ具合、肌の艶《つや》など、答えにくいこともあったが、重治は感じている限りを告げた。

「畏《おそ》れながら、もはや薬も効きますまい」

「なにっ？」

「長くて三月《みつき》」

長元坊の診立《みた》てに、思わず怒鳴り声を発するところだった。

ぐっと下腹に力を入れ、反対に喉の力を抜いた。

「気をつけてものを言え。まだ四十の若さであるぞ」

「承知しております。されどお伺いした限りでは、肺に悪腫が出来た際の末期にみられる症状に酷似しておりまする」

「そういう例をひとつやふたつ知っておったところで、断定はできまい」

「残念ながら、諸国を歩いている間に数十の事例を見聞きしてまいりました。山伏姿で歩いておりますと、貧しい村ほど泊まって行け、と執拗に誘われます。自分らが食うのも我慢して、精一杯のご馳走を恵んでくれるのは何故《なにゆえ》か。おわかりになりますか」

「謎解きをしている暇はない。早く申せ」

「病《やまい》で臥せっている家族のために祈禱《きとう》をしてくれ、とせがむためです。医師に診せることはおろか薬とて買えない者らには、旅の僧や山伏が神様の使いとでも映るのでしょう」

重治は軽く頷くだけで、その先を促している。

「百姓どもが命を落とす原因は滋養不足や、はやり病が一番でございまするが、その次が胃や肺の悪腫。歳が若いほど進行が早く、救う手立てがありませぬ」

「すると奥医師は気付いているはずじゃな」

「むろん。されど打つ手がない以上、黙っているしかありますまい」

「奥医師の藪どもめ。毎日診《み》ておりながらそんな大事な病を見落とすとは」

「それがこの病の恐ろしいところ。本人さえ病と気付くのは手遅れになってからでございます」

「わかった。言うまでもないが、このこと決して他言するでないぞ。明日にでも密かに奥医師に当たってみる」

声は冷静だが、重治の全身はぶるぶる震えていた。

(長元坊が見ているぞ)

いくら自分を叱りつけても、止められそうになかった。

将軍の侍医である奥医師は定員十名。ふたり一組で将軍の身体を診て、病気の治療にも当たる。世襲の医師もいるが、こと将軍の健康に関わるだけに、藩医や市中の医師でも名医と評される者が抜擢されていた。

重治は十人中七人まで摑まえて、上様の病が風邪ごときものではないのではないか、と疑問をぶつけてみた。誰もが即座に否定したが、その顔色、目つき、狼狽などが重大さを認めていた。

治せないと認めた瞬間に面目を失う奥医師が、正直に答えるはずがない問いなのだ。

気の毒じゃ。哀れじゃ。理不尽だ。日夜、苦しみ悩んだ。

「予は四十五で退き、あとは気儘《きまま》に余生を楽しもうと思っているのじゃ」

重治だけに聞こえるよう小声で囁かれたのは、それほど前のことではない。

「そのときには、それがしも隠居いたしまする。ご一緒に折り紙に興じましょうぞ」

「おう、ようやく折り紙の許しが出たか」

「そ、それほど拘《こだわ》っているつもりでは……」

「よい、よい。冗談じゃ」

笑い飛ばしていただいて、ほっとしたことが胸を刺す。

十一歳で将軍の地位に就かれ、寝ても覚めても人の眼にさらし続けた二十九年間が無残に思えて耐えられない。

(もっと早いうちに長元坊の診立てを得ておくべきだった)

頭を掻き毟《むし》り、壁を拳《こぶし》で打ちながら、長い夜を過ごした。

(なにかできることはないか)

病魔の正体を知ってから、そう思い始めるまでに二日。ひとつの案をひねり出し決意するまでさらに三日が過ぎていた。

ひと声放つと障子が開き、市之進が顔を出す。

「佐賀まで早馬を出せ」

「長元坊どのなら、そのままずっと別室に控えておられまするが」

「呼びに行け。そのあと、おまえも含めて誰もこの部屋には近づくな」

すぐに長元坊が現れた。

「上様に折り紙を献上したい。きぬを説得してくれぬか」

「そういう仰せもあろうかと、きぬの様子を覗いてまいりました。実は来月に祝言を控えて、当人の心は折り紙からすっかり離れてしまっております」

「うむ。嫁入りする話は承知しておるが、引き延ばすよう頼んでみてくれい」

打てば響くはずの答えがない。

昨夜から降り積もった雪が音を呑み込んでいるのか、深い静寂に包まれている。

「勝手な頼みであることは承知しておる。そちに無理を言っておるのも承知だが、この書状を届けてくれぬか」

「拝見してもよろしいでしょうか」

「無論じゃ」

「これは……」

長元坊の口からうめき声が洩れた。

「貴重な時間を三日も無駄にしたのは、この書状が老中の眼に触れたら命取りになりかねぬ、と案じたからじゃ」

「されば……」

「佐賀藩が改易になれば家臣は、いや国許の妻子はどうなる、と言いたいのであろう。わしとてむざむざ改易になるつもりはないし、策は用意してある。

　万が一の場合でも、おぬしの妻子や家臣たちが路頭に迷うことのないよう全力を傾けて対処するつもりじゃ。そうした諸々の策を考えるのに三日を要したと言い換えてもよい。具体的に申すと」

「いや、結構です。殿がそこまで申されるなら長元坊、この書状をもってきぬを説得するお役目、お引き受けしないでもありませぬが」

　四つの眼が互いをねじ伏せようとするかのように、からみ合った。

「それで、何を折らせようと？」

　本当の難題はそこだった。

「竜神じゃ」

「それはまた……」

「佐賀が水不足で田植えもままならなかったと申し上げたとき、家綱様は竜になりたいと申された。竜は雲を呼び自在に雨を降らせるという。将軍というのはそういうものでありたいものじゃ。そうつぶやかれたお顔が頭に焼き付いておる」

十八年前のことが、まざまざと蘇える。

養父が隠居し、重治が藩主を相続したのは水不足による不作が原因だった。

「左様なことがございましたか」

「今こそ家綱様に竜になっていただこうではないか。竜になって死病に打ち勝っていただくのじゃ」

無言の長元坊に焦《じ》れたか、言葉を継いだ。

「九つの顔を持つという竜なら、もしかすると上様のお命を救ってくれるやもしれぬ」

重治らしくない言葉であり、顔つきであった。

「顔は馬、角は鹿、眼《まなこ》は鬼、耳は牛、項《うなじ》は蛇」

長元坊もつぶやくしかなかった。

「腹は蜃《しん》、鱗《うろこ》は鯉、爪は鷹、掌《てのひら》は虎じゃ」

明《みん》国の本草学者・李時珍が『本草綱目』に書き記した表現を、ふたりで確認したような形になった。

「竜が折れないと悟ったとき、きぬは責任を感じて死ぬかもしれませぬ。それでもかまわぬ、とお考えでございますか」

「きぬだけを死なせるつもりはない。わしは命を捧げても、家綱様をお救い申し上げたいのじゃ」

「なぜ、それほどまでに」

「わからぬ」

そう答えるしかなかった。

事実、長元坊に問われるまで考えたこともなかった。物心ついて以来このかた、主君のために命を捧げるのが武士の務め、と吹き込まれてきた。

忠義が己の命だけでなく、関わりのない人間の命をも奪うものであることに、いま初めて気がついたのだ。

だが、それで気が変わるものでもない。もはや後戻りするつもりはなかった。

(誰が傷つこうが、命を落とそうが構わない。大事な人が命を絶たれようとしている。その人に何かしてあげたい。焼けるような焦りの中でただひとつ思いついたこと。それをせずに、済ますことなどできるものか)

いつ長元坊がいなくなったのか、気付かなかった。

市之進が炭を注ぎに来たので我に返った。書状はなくなっていた。

翌日、いつもの刻限に長元坊が顔を見せた。

「早いのう。で、きぬは承諾してくれたか」

「いいえ、まだ書状はこの中に」

道服の懐を押さえ、眼はまっすぐこちらに向けている。

「なにっ」

血が逆流して脇差に手をかけていた。

「お手討ちを覚悟で一晩預かりました」

(この男を斬れば、きぬを説得することはできぬ。落ち着け)

「どういうつもりだ」

「考えに考えたことでも、人に告げた途端に気が変わることもございまする」

「何も変わっておらぬぞ」

「恐れながら修験者が不治の病を治したなどという話は、すべて作り物。手遅れの病人を生き返らせた例は、ただのひとつもございませぬ。

救えるのは相手が症状を訴え出たときに限られ、それもごく初期でないと駄目でございます。それに当人が何の兆候も意識しないままに進行する死の病は、数え切れませぬ」

「もうよい」

「人はいずれ死ぬるものにございます」

「黙れっ、長元坊」

「いいえ、たったひとつの死にこだわり、多数の死を招く愚を黙って見過ごすことはできませぬ」

「たったひとつじゃと……」

重治の顔が鬼と化し、長元坊の顔は泣きっ面に転じた。

「それがしが蟹を持ち込みさえしなければ。あいや、その後もなにかと、きぬの折り紙に関心を向けさせるがごとき振る舞いをしなければ、こういうことにはならずに済み申したはず。まず、それがしを成敗してくだされ」

「何という的外《まとはず》れな事をぬかしおるか。きぬの折り紙のせいではないわ。上様が不治の病におなりでなければ、なんの支障も出なかったことじゃ。むしろ今、きぬの折り紙が家綱様の唯一の救いになるかと思えば、大手柄をあげたと言うべきかもしれぬぞ」

「これは身に余るお言葉……痛み入りまする」

「上様にして差し上げられることは何か。懸命に考えた。お傍にいて、寝ずの看病ができれば一番よいのじゃが、わしの身分ではかなわぬことだ。

薬を調合することはおろか、鍼《はり》や灸《きゅう》、祈禱などの心得もない。学問や剣は役に立たぬし、外桜田で水垢離《みずごり》して祈ろうと、上様に伝わることはないのじゃ。

唯一、できることは折り紙をお届けすること。竜神に吹き込んだ命が上様に乗り移れば、奇跡が起きるかもしれぬ。いやそれはならずとも、せめて一刻、いや一瞬でもお心を和ませることができれば、それだけでもよい。これが三日間、考え続けた結論よ」

「……」

「一万五千石とは申せ、その半分は領民の食い分。残りの年貢七千五百石はその六割が家臣の禄となり、三割七、八分は幕府の御用で使うておる。

わしや子供は贅沢をしておらぬし、須磨が多少浪費しておるとしても、家族の衣食住を含めて、せいぜい二百石というところかのう。

わしが失うものはその程度で、これも元はといえば上様より預かったもの。命をお預けしている限り、そっくりお返しするのに何のためらいがあろうか。それができぬのは、家名という幻に惑わされているだけのこと。

だがのう、いずれ時がたてば、家名など気にせず暮らせる世の中になる。家名を後生大事に守った者ほど物笑いになる世が訪れるであろう」

重治、長元坊のどちらからも殺気が消えていた。

「万一の際の家臣の身の振り方については策があると申したが、その中身は」

「あいや、そこまで伺うつもりはございませぬ。それがしが未熟でございました。もはやお留め立ていたしませぬ。この書状、しかと届けてまいりまする」

(よい家臣を持って幸せだ)

重治はそう思いながら、道服の背中を見送っていた。

「できません」

きぬは鸚鵡返《おうむがえ》しに答えていた。

結納を取り交わしたことは言ってある。よかった、よかったと喜んでくださったではないか。

まるで、本当の父親かと思うくらいだった。

「これまでわしの後ろにおられた方の、たっての願いじゃ。なんとか考え直してもらえんじゃろうか」

長元坊の言い草も気に入らない。

恩を忘れたか、って怒鳴ってくれた方が受けやすいってもんではないか。

「わたしには用がなくなったはず。もう四年近く折り紙は差し上げておりません」

「そう言うであろうと思った。さらば止むを得ぬ。これを読んでくれぬか」

傍らの笈《おい》から一通の書状を取り出し、うやうやしく机の上に置いた。

「やっぱりお侍さんだったのですね」

「そうだ」

「なら、余計にお断りします」

五百石、いや千石の旗本でも嫌なものは嫌。

働かないのに贅沢をして、いばりくさっているお侍なんて大嫌い。

「命懸けの書状じゃ。せめて眼を通すくらいは我慢してくれ。それを読んでも心が動かないというなら仕方がない。わしもきっぱり諦めよう」

眉間の深い皺。ねじ伏せるような眼。これほど厳しい表情は見たことがない。

「だ、だけど、わたしは難しい字は……」

泣きそうな顔になっているのが、自分でもわかった。

「大丈夫。すべて平仮名で書いてある」

逃げ場のなくなったきぬは、おそるおそる手に取った。

長い手紙ではなかった。御伽草子《おとぎぞうし》の文字に優るとも劣らない、流れるような美しい文字が並んでいた。短い文章で読みやすい。

何度も何度も読み返した。気がついたら涙を流していた。

だけど、引き受ける気になったわけではない。

「お武家様だったんですね」

「そうだ。詳しい素性は明かせぬが察してくれい」

そんなもの、知りたいとも思わなかった。

「竜神って、谷中《やなか》のお寺の天井に描かれている獣《けだもの》のことですか」

寺の名前は忘れたが、いつだったか眼にした記憶はうっすらと残っていた。

「知っておるなら心強い」

「三年前のわたしなら折れたかもしれませんが、子供相手の折り紙に慣れてしまいました。

それに今は婚礼を楽しみに待っているだけの女です。大切な晋吉さんとの約束を破るつもりもありません」

「わかっておる。わしも最初は断った。だがこの書状を見せられて気が変わった。よく聞いておくれ。だから、町娘に書状を下すだけで、武士の体面を傷つけたとして切腹を仰せつかる恐れがある。それほどの地位にあるお方じゃ。奥方や子供はもちろん、大勢の家臣が路頭に迷うかもしれぬ。それに眼をつぶってまで託されたのだ。

そなたのご両親、晋吉や父親には、わしからも頭を下げ、三月《みつき》だけ婚礼を延ばしてくれるよう頼み込む。どうか竜神を折ってくれい。この通りじゃ」

長元坊は背筋をぴんと伸ばすと、畳に額がくっつくほど深く頭を下げた。

頭を上げると、今度は声を低くして、

「大事なことが、いまひとつ。この件が片付くまでは隣人はもちろん、雇い人にも一切悟られてはならぬ」

と付け加えた。

「考えさせてください、少しの間だけ考えさせて」

きぬはわっと泣き崩れた。

それでも、折ると約束することはできなかった。

「また来る」

帰ろうとする長元坊に、手紙は置いていって、ときぬは頼んだ。

自慢の机は壁に立てかけてあるが、家族五人が顔を揃えると窮屈だ。なんでこんなことに……。折り紙に関わってきてよかった、という今までの思いが一挙に恨みに変わっていた。

母には昼間のうちに読み聞かせているが、全員が集まったところで、いい知恵が浮かぶわけではない。

「あんた、なんとか言いなよ」

黙っているのに耐えられなくなったのは母だ。

「ま、松平って名に加えて山城守《やましろのかみ》とあるから、かなりの身分だぜ。そんな大層なお武家が、たかが山伏ふぜいに命懸けの書状を託すってえのが腑《ふ》に落ちねえ」

「そ、そうだ。おまえさんにしては、まともなことを言うじゃないか」

「茶化すんじゃねえ。これは何か裏があるんじゃねえか。たとえば徳川の世を呪って、竜神を折ったのであろう。許せぬ。一族もろとも……なんて、おっかない話が……」

「黒田屋の恨みってでも言いたいのかい？」

「繁盛すると、それを妬む人は必ず出てくるものね」

せんも自信なさそうだが、同調するような言い方をした。

漠然とした不安のままでいるより、何かはっきりした理由を見つけたい。そういう点では、きぬも同じだった。

「だけど、たかが古着屋よ。これほど手の込んだ芝居を仕掛ける値打ちがあって？」

父が睨みつけたが、さとは動じない。

「わたしはその手紙は本物だと思う。あの山伏さんは悪い人ではない。伊勢嘉がもちこたえたのも、きぬが晋吉さんとめぐり合えたのも、みんなあの人のお陰だわ。その恩人の頼みなんだから何とか応えてあげなくちゃ」

「ではそのお武家は誰のために？」

不安を滲ませた顔つきで、母が聞く。

「大の折り紙好きだった奥方様が、不治の病に倒れたってとこかな」

「で、きぬ。折れるのかい。竜ってすごい形をしたやつだろう？」

「わからないわ。でもわたしにしか折れないと思う」

「大丈夫よ。きぬなら折れる。もっと自信を持ちなさい」

さとは前向きだった。

「晋吉さん、どう言うだろう？」

きぬの一番心配なのはそのことだった。

「お母さん思いの人だったんでしょう。きっとわかってくれるわよ。おとっつぁん、晋吉さんのお父さんにうまく断ってあげてね」

「だがよう、内輪の話ならともかく、他人様《ひとさま》にどう言やあいいんだ。内聞にって釘を刺されてるんだぜ」

「相手の名を伏せればいいだけじゃない」

「そう簡単に言うな。絶対に相手が本物だと信じることができたら別だけどよ……おっと、いいことを思いついた」

そこから先は、父の独壇場だった。

お武家様の名前を出せば由緒謂《いわ》れから禄高や位階はもちろん、実際の台所事情まで教えてくれる商売があるらしい。

札差《ふださし》が銭を立て替えたり、大手の呉服屋、酒屋などが掛売りする際に、信頼できる相手かどうかを調べる必要上、自然発生的に生まれた仕事だという。

そういう商売だから、口が堅くなければ成り立たない。依頼人の名も、調べの対象になった者の名も、絶対外に洩れることはないということだ。

「ただ、わしの知ってる鑑定人は二本差しは相手にしねえ。そいつに同業者を紹介してもらうしかねえがな。とにかく明日にでも当たってみるぜ」

一応の結論が出たところで、家族談議はお開きとなった。

翌日のお昼ごろ、父が息を切らして戻ってきた。

「きぬ、あの手紙を出してくれ」

「なにするの？」

「それがよう。夕べのあれ、お侍の身元を調べるところが見つかった。そこの話では、松平山城守重治ってえのは大名だそうだ。下総国佐貫藩の藩主らしいが、それだけじゃねえ。寺社奉行だっていうから、とんでもねえ大物だ。ぶったまげたぜ」

　寺社奉行が三奉行のひとつってくらいは、きぬでも知っている。

「これは怪しいぞ。そんな大物がって余計に気になった。そこで、もし相手の書があれば本人の書いたものか見分けがつくかね、って聞いてみた。するとふたつ返事で、できる、と来たもんだ。それで急いで戻ってきたわけよ」

「でも、あれを見せるのは」

「預けるわけじゃねえ。ちらっと見せるだけだし、夕べも言ったように、あの手の商売は口が堅い。口封じに礼をたんまりはずんでやれば大丈夫さ」

「絶対、置いて来ない、って約束してくれる」

「親を信じるこった。それと、これは避けて通れない道ってもんだぜ」

　そうまで言われると、渡さないわけにはいかなかった。

「おい、帰《けえ》ったぜ」

元気な声を聞いたとき、きぬはほっと胸を撫で下ろしていた。

「本物。正真正銘の直筆だと太鼓判を押されたよ。それにな、この殿様はかなり裕福らしい……っていうのはな」

禄高は一万五千石でも最近三か年の平均で一万六千石強の実収になっている。その他に海の産物が三千石相当。奏者番というのは諸大名の便宜を図る仕事で謝礼が多い上に、寺社奉行は神社や寺からたんまりいただける仕組みで、それら役職上の実入りは千石の価値がある。

「締めて二万石の値打ちがあるっていうのさ。どうでぇ、凄《すげ》えもんだろう」

鬼の首を取った時っていうのは、あの時の父の顔を言うのだろう。

きぬは逆に、背筋が寒くなってきた。

折れない。わたしには荷が重過ぎる。思い詰めて、大川に身を投げる。

そういう場面まで思い浮かべて、呆然と立ちすくんでいた。

「やっぱり断って。竜なんて無理よ」

気を取り直して、父とふたり、谷中まで駕籠を走らせた。

天井に竜の絵が描いてある寺と聞いたら、すぐにわかった。首が痛くなるほど長い間見つめて、出した結論だ。

「折れないものはない、って言ってたじゃないか」

「言ったわ、おっかさん。でも、現物を見ないと折れない。どうしても折れっていうなら、竜をここに連れて来てよ」

「それより寺社奉行ってのが重大じゃないの？　そんな偉い方の頼みを断って大丈夫かしら。伊勢嘉が潰れるだけでは済まず、一族すべてお縄頂戴なんてことになったら子供がかわいそうだわ。きぬ、お願い。引き受けて」

お上《かみ》に逆らえば、どんな罪でも着せられる。町人が束になってかかっても、絶対に勝ち目はない。

「わたしも、せん姉さんの言う通りだと思う。きぬには悪いけど」

（さと姉さんまで……）

きぬは眼の前がまっ暗になった気がした。

「だから、引き受けるだけ引き受けて。そのあとは相手が諦めるのを待つ。きぬだって神様じゃないから、折れないものは折れない。諦めてもらうしか仕方がないじゃないか」

「そのうち奥方の寿命が……って筋書きか。そうだ、それしかねえ……かもしれぬ」

きぬはがんじがらめに縛られた罪人の気分だった。

眠ろうとしたが、寝付けない。父に言われて、お酒も飲んでみたが、却って頭が熱くなった。

机に頬杖をついてぼんやり時を過ごしたり、水を飲んだり、蟹を折ってもみたが、いっこうに眠くならない。

(明日は晋吉さんに会う。大事な話を聞いてもらおうというのに、疲れた顔を見せたくはない。せめて横になっていよう)

身体を横たえると、たちまち昼間見た竜の絵が浮かんでくる。

頭の中では指先が勝手に動き、基本型まですらすらと折りあげていく。だがその先は止まったまま。

早起きの雀たちが騒ぎ出しても、折り紙は基本型のまま止まっていた。

はっとなった。鐘の音がきぬを現実に引き戻した。お堂の裏の秘密の場所は、とっくに日が落ちている。

「もう帰らなくっちゃ」

「待てよ。まだ決まっちゃいない」

晋吉の右手が、横に座ったきぬの右肩を押さえた。

しばらくすると左手が膝に、そして指先が着物の下に入ろうと伸びてきた。

「だめっ」

驚いて払いのけた。

「婚礼を三月も延ばすってんなら、いいじゃねえか」

「嫌よ。それとは別じゃない」

「別なもんか。もう半年も待たされたんだ。花嫁修業だ、なんて言ってたが、本当はその男の誘いを待ってたんじゃねえのか」

「なんてことを言い出すの、晋吉さん」

「これまで世話になったというけど、どんな中身かしれやしない」

「やめて。会ったこともない人だって言ったじゃない」

「へん、わかるもんか。婚礼より、よっぽど大事な男なんだろ」

（もういい。晋吉さんも竜神も、どうでもいい）

すっと立ち上がると、小走りに逃げた。

「おいっ、待てよ」

自分を苦しめる何もかもから逃げ出すような気持ちで、一生懸命駆けた。でもすぐに息が切れ、人家が並ぶ通りではいつもよりのろのろと歩いた。

家に着くまでに追いつくだろう、と思った晋吉は来なかった。

夢を見てたのだ。晋吉さんとの暮らしも夢でしかなかった。

（折るふりをしろっていうけど、わたしにはできない。存在しないものを折ることなど、もっとできない）

絶望の渦が頭の中でどんどん大きくなっていく。

(明るくなったら出ていこう)

——自分を消すしか道はない。

袂にいっぱい石を詰め込んだ死体は、海に着くまで浮かばないと聞いている。大川が近くにあるのが幸いだと思った。

その当人が一刻(二時間)のちには、まるで違う場所で「死んではいやよ」とひたすら言い続けていようとは。

行灯《あんどん》の薄明かりの中で寝ているのは晋吉だった。顔も手足も腫れている。

医者は「心配ない」と言って帰ったようだし、晋吉の父親も弟夫婦も寝てしまっている。

きぬが無理に置いてもらったのだ。晋吉がこんな目にあったのも自分のせいだから、と。

きぬを追いかけてすぐの出来事だろう。数人連れと争いになり、袋叩きにあったらしい。

——兄が戸を開けるなり気絶してしまいました。手当ては済ませましたが、きぬさんと会ってたはず。よもや、と思ってすっ飛んでまいりやした。よかった、きぬさんが巻き込まれてなくて。

夜も更けて、晋吉の弟が飛び込んで来た時は、きぬは心臓が止まるかと思うほど驚いた。家族が止めるのも聞かず、無理やり弟にくっついて押しかけたのだ。

きぬにしては向こう見ずな行為だったが、死ぬことさえ決めていたくらいだから、恥ずかしいともなんとも思わなかった。

夜が明けたと思えるころ、晋吉がうっすらと眼を開けた。

「ごめんね。わたしが悪かったわ」

驚いて起きようとした途端に、痛みが走ったようだ。

「痛《いて》えっ」

「無理しないほうがいいわ」

「ちっくしょう。やつら五人がかりで……」

「これくらいで済んでよかったわ」

「さっきは悪かった。勘弁してくれ」

「ううん。わたしの方こそ急に帰ってしまって……ごめんね」

「ずっとついててくれたのか」

「うん」

晋吉は眼を閉じた。

寝た方がいい。きぬがそう言おうとしたら、意外な言葉が遮った。

「折ってやってくれないか」

低いが、はっきり聞こえた。

「えっ。いいの？」

「竜を折ってくれ。おまえがこの先、死ぬまで悔い、悩む姿は見たくない。三月《みつき》くらい辛抱する。だから、あっしのために折ってくれ。本当は追いかけて行って、そう言うつもりだったんだ」

（わたしは必要とされている。折り紙のためにではなく、わたし自身が必要とされているんだ）

「わかったわ。折る、折るわ。あんたのためと信じて折るわ。だからちょっぴり、おでぶさんになっても、怒らないでね」

涙声で途切れ途切れになりながら、きぬは全身で答えていた。

九

「これなどはどうじゃ？　縦横無尽《じゅうおうむじん》に天空を駆け回っておるぞ」

「たしかに勇壮きわまりない構図でございますが、宙に浮かせるのは難しゅうございましょう」

「どっしり構えておるというなら、これだが……」

「とぐろを巻きすぎて、動きがありませぬ」

こうして話している間にも、家綱様の病状が着実に進行していると思うと、重治は居ても立ってもいられない気持ちになる。

それにしても当世屈指の絵師と称される者たちの絵は、いずれも技巧には長《た》けているが荒々しいほどの生命感には欠けている。長元坊に見せるまでもなく、満足できるものはひとつもなかった。

十三枚の絵をひとつずつ取り上げて、こき下ろしたにすぎない。

「ところで、きぬの方はどうした？」

おもむろに尋ねてみた。

絵を見せたのは一種のまやかしで、本当はこれが真っ先に尋ねたいことだった。

「ようやく、その気になりましてございます」

「ほう。相当へそを曲げているると言っておったのに、よく説得できたのう」

「なかなかてこずりましたが」

「さようか。延ばす決心をしてくれおったか。女の一生で一番大事な婚礼の儀式。よくぞ我慢させたものだが、無理やり承諾させただけでは心配じゃぞ。やっぱり折れませんでした、では困るからな」

「ご心配はいりませぬ。何としてでも折る、という気にさせましてございます」

「自信があるようだな。いったい、どういう手を使《つこ》うたのじゃ」

「褒められた手ではありませぬが」

ごろつきを使って相手の男を叩きのめした、と長元坊は正直に告げた。

「それでは脅したということと同じではないか」

「いや、その前に竜神を折らせないまま嫁にしたら、一生、不満を抱えた女房と鼻を突き合わして暮らすことになるぞ、と吹き込んでおきました。それでもまだ、男の面子《メンツ》にかけて……などと息巻いておりましたので、鼻を挫《くじ》いてやっただけのこと。きぬに優しく看病してもらって、ようやく気付いたようでございます」

「で、その男は」

「素人目には大変な痛手と思わせ、実のところは軽い打撲で済むよう言いつけておきましたので、三日目には元通りに復しておりまする」

「それならよろしい」

重治が愁眉を開くのを待っていたかのように、障子越しに市之進の声がした。

「殿、たった今、秀帆《しゅうはん》と申す絵師の作が届きましてございます」

「これへ持て」

御用絵師とは別に、ひとりだけ市井の絵師を指名しておいた。

襖職人の倅で、誰にも師事したことがない無名の若者というので、あまり期待はしていなかったが、ひと目見て「これだ」と直感した。

「よろしいではございませぬか」

長元坊もすぐに賛意を示した。

「持参した当人は、しばらく門前で待つ、と申しておったそうにございます」

「すぐ連れてまいれ」

「あいや、それがしが参りましょう」

長元坊は素早く立ち上がると、足早に出て行った。

どっしり巻いたとぐろから、すっと首をもたげる竜には、今にも天に昇ろうという気魄《きはく》が籠もっている。精悍な表情の中にも妖気が漂い、足の配置もそれぞれ申し分なし。

仔細に見ていると、長元坊が戻ってきた。

「三十前の若者にしては面構《つらがま》えもよく、絵は小手先ではなく想いで描くもの、と頼もしいことを申しておりました」

「ふむ。口先だけでなく、この絵がその信念を訴えておる。この男、将来が楽しみじゃ」

「この絵の仕上げに加え、左右、上下からの図を描くよう申し付けました。五日くれと申すのを三日にさせましてございまする」

「うむ」

重治が頷くと同時に、市之進が絵を携えて出て行った。

「次の手筈に抜かりはなかろうのう」

「近江《おうみ》の国から職人をひとり、呼び寄せております る」

「何日かけるつもりぞ」

「五日くらいは仕方がないかと」

「二日も空白を作ったのが惜しまれるのう」

「前々から決まっていた登城日でございましたから、やむを得ないこと。それよりこの数日のご奔走、まことに御苦労様でございました」

長元坊がきぬの説得にあたっている間、重治が自ら絵師に当たりをつけたのだ。

と、言っても寺社奉行の重治には造作のないことだった。主だった寺社の事務方を呼びつけ問い質すだけのこと。寺や神社は襖絵や天井画を描かせることが多く、絵師の実力をよく知っているからだ。あとは藩邸の手すきの者を走らせただけである。

「これくらい成《な》さぬと気が済まぬ。あとはひたすら待ちわびるだけじゃからのう」

幕臣の最高位も望める身でありながら、これ以降は手をつかねて見守るしかない自分が無能に思えて仕方がない。

（地位を擲《なげう》ち、命も懸けようという企ての中身がこのように空洞では、張子の虎ではないか）

「されば今日のところはこれにて、失礼いたしまする」

（この男はまだ動く余地を有しておる）

道服の背に、いつも以上の嫉妬を感じざるを得なかった。

「あら、お待ちになりましたか」

きぬは思わず大声をあげ、あわてて自分の口を押さえた。

「いや、いま来たばかりだ。今日は紹介したい男を連れてきた」

浅黒い顔に、縦縞の単衣《ひとえ》と股引《ももひ》き。判で押したような外見だ。

（山伏と職人が肩を並べて歩いて、人目を引かなかったかしら）

「ご挨拶は中で。どうぞお入りください」

近所の目を気にする癖がついている。

職人は大きな机を見て、とまどっているように見えた。

「こちらは鬼師《おにし》の……さんじゃ」

「おにし？」

聞き慣れない言葉に引っかかって、名は頭に入らなかった。

「福は内、鬼は外、の鬼。お師匠さんの師。鬼師とは鬼瓦を造る職人のことじゃ」

と、言われてもよくわからない。

あらためて名を聞きなおすのも失礼だと思い、

「きぬと申します」

頭を下げた。

「時が惜しいので、おまえさんたちには同時に話をさせてもらうことにした。早速じゃが、この絵を見てもらいたい」

話しながら手も動き、笈の中から数枚の絵を取り出すと、きぬと鬼師の間に置いた。

金縛りにあったように身体を固まらせ、きぬと鬼師は喘《あえ》ぐような息を吐いている。

「これを見本に作ってもらいたい」

無言のふたりに構わず、長元坊は話し続ける。

「鬼瓦はまず詳細な図面を起こすことから始まり、続いて粘土をこねて形を造り、よく乾燥させてから焼くという手順であろうと思うが、この度の仕事は粘土でこの絵とそっくりの竜を形作るだけで結構。乾燥も焼く暇もないほど急ぐ仕事と承知してもらいたい」

（実物がないと折れないわたしの眼の前に、架空の生き物を連れて来ようとなされている。この色黒の鬼師は、さしずめ竜宮城の使いってとこだわ）

「不審に思うことがあれば、遠慮なく尋ねてよいぞ」

一転した優しい声に、鬼師が応じた。

「そ、そのあと粘土の竜はどうなるんでございやすか」

「折り紙の竜にとって代わられる。折るのはこの、きぬどのじゃ」

熱い視線を感じながら、きぬは固まったままだ。

「それで、ゆ、猶予は？」

「ない。折り紙の竜が完成するまでふた月しか待てないのじゃ。粘土の竜がひと月かかるなら、折り紙をたったひと月で仕上げてもらわねばならぬ」

「ま、待ってください。わたしにふた月くださるという約束だったはずでございます」

もはや固まっているわけにはいかぬ。きぬの身体が自然に反応していた。

「それは絵も形もないときの話。実物を用意するからには、猶予が短くなるのが道理ではないか」

「それは……。でも、あんまりだわ」

つい涙声になっていた。

「わかってくれい。時との競争なのじゃ」

長元坊が深々と頭を下げる。

「あのう……」

「何じゃ、申せ」

「粘土が乾かないうちは運べませぬゆえ、こちらで作らせてもらえないかと」

「よう気がついた。わしがきぬどのの父上に頼んでみよう」

「で、では準備に一日、造りに五日くだされ」

「明日中に準備を整え、三日で造れ。手当ては倍、払ってやる」

最後のひと言に鬼師は負けた。

「し、承知しやした」

「五日がなぜ三日になる？　鬼師とはそれほどいい加減な仕事なのか？」

命じた通りになったというのに、咎めるような声だった。

「三日でやれ、と言ったのはあんたさんでっしゃろ」

「ならば、わしが死ねと言えば死ぬのじゃな」

「め、めっそうもない」

「ならば五日が三日になる理由を申せ」

「わいの仕事が遅れたら、その分、このお嬢さんが苦しまはると聞いて」

「嘘をつくな。いま会ったばかりの相手に、義理立てする謂《いわ》れはないはずじゃ。正直に言わぬと舌を引き抜くぞ」

「や、焼かぬと知ったからでやす。瓦が大変なのはべらぼうな熱で焼くことだす」

鬼師が必死に理由を言い立てた。

……鬼瓦のような大物は熱の偏《かたよ》りができ割れやすい。それを防ぐには中を空洞にしたり熱が逃げやすい形を作ったり厚みを均一にするなど、様々な工夫と大変な手間がかかる。

外側の加工より内側の処理が時間を食うこともある。それが、外観だけ似せればいいということになれば、時間は大幅に短縮できる……。

「なるほど、そういうことなら納得した。三日で仕上げてもらおう」

「手間賃は？」

「さっき言った通りじゃ。値切るために聞いたのではない」

「では、と、時が惜しいので帰《けえ》りやす」

「待て、この絵のどれか一枚、持ってゆけ」

「いえ、頭に刻みやしたので今のところは大丈夫でやす」

ぱっと見て全体を摑む、わたしと同じ捉え方をする人だな、ときぬは感じていた。

この十日あまり、必死に駆け回ったのはいったい何だったのだろう。こんな企みがあるのなら最初に言っておいて欲しかった、ときぬは恨めしく思った。

伝手《つて》をたどり、方々訪ねて歩いた。正月に付き物の獅子頭《ししがしら》、竜をかたどった前立《まえたて》のついた能装束《のうしょうぞく》の冠、蛇を模した練《ね》り神輿《みこし》など、竜につながりそうな物は軒並み見て回った。竜の絵が見られると聞いて、三つのお寺に足を運んだが、谷中で見た物より粗雑でがっかりしたものだ。こんな素晴らしい絵と実像まで用意してくださるのなら、出歩く必要はなかったのだ。

でもその夜は久しぶりにぐっすり眠れることができた。心の底で深い安心感を抱いたからに違いない。

翌朝、近所が起き出す前を狙って、数台の大八車がやって来たらしい。水桶と道具箱がそれぞれ五つ六つ。菰《こも》に包まれた沢山の荷物が庭に運びこまれる物音で目が覚めた。

物置を改装してるんでやす、と父が近所に触れ回った。

朝御飯を食べた後も、何やかやと騒々しいので、きぬは晋吉の家に向かった。

(一日くらい骨休めしたっていいだろう)

「おう、よく出て来られたな。もう折れたのかい」

冗談で迎えてくれたが、仕事の手は休めない。

打撲の痕《あと》も残らず全快した、と聞いてはいたが、元気に働いている姿を見て安心した。

長い竹竿で、染めたばかりの長尺の布をたぐるように水洗いする様子を、感心しながら見つめていた。

一本終わるごとに、弟の妻が布を絞って水を切り、竹籠に放り込む。真っ赤になった手を見ていると、竜神が最後の折り紙になるであろうことがひしひしと胸に伝わってくる。けれど残念という気は起こらない。伊勢海老を折る前から、自分で題材を見つけることができなくなっていた。身近な物は折り尽くし、これ以上は聞いたこともない遠国《おんごく》や、海の底などでしか見つけようがないであろう。

それに二十二歳の今は、十六、七の頃のような闇雲な気持ちを失っている。斬新な発想が湧いてこない裏返しだったのかもしれない。

ひと言で言えば生まれつきの才能、もしあるとすれば、それが擦《す》り切れ始めているということだ。

「さあ、ひと休みだ。その辺まで歩いてみるか」

川岸は寒いのに、全身から湯気が立ち昇っている。

「それより中の仕事場が見たいなあ」

「じゃあ、ついておいで」

母屋の横に建っている長屋のような建物に入ると、何も見えなくなった。眼が慣れると晋吉の父親と弟の背中がくっきり浮かんできたが、仕事中なので目顔の挨拶で済み好都合だった。

染め付けの仕方を聞いたり、染料の数々を教えてもらう。干し場の真下から見上げると、一本が十五枚の手拭いになるという長い布が何本も翻《ひるがえ》り、威勢よくはためく様は、おまえもがんばれ、と言ってくれているようだった。

おにぎりをいただいて、ふたりで川岸に腰掛けて食べたのも楽しいひと時だった。あとで思えばそれが、長く苦しい日々に対する先渡しのご褒美だったとわかるのだが、その時のきぬが気づくはずはなかった。

日が高いうちに戻ると、鬼師は早くも土をこねていた。

菰の中は粘土だったのだ。

「精が出るわねえ」

「へい、やれるだけやっとかんと……あとが無いさかい」

訛《なま》りがある。

「いつもはどこで働いてるの？」

「近江や」

「おうみ、ってどのあたり」

千住《せんじゅ》の北くらいの答えを待つ軽い気持ちだった。

「京の都のちょっと手前」

「京？　そんな遠くから？」

「十日ほど前に親方から言われたんや」

親方というのが西村家九代目の弟で半兵衛といい、従来なかった新瓦を造ったり、鬼瓦や鯱鉾《しゃちほこ》、飾り瓦など特殊な物が得意な職人だそうな。

この後、丸瓦と平瓦を一体化した軽くて安い桟瓦《さんがわら》を開発し、爆発的な流行を生んだ伝説の瓦師として後世に名を残すのだが、きぬが知るところではない。

「運べないので、ここでって言ったのは」

「そこんとこだけは、山伏さんとあらかじめ打ち合わせてあったのや」

「まあ」

呆れて物が言えない、とはこのことだ。

鬼師はそ知らぬ顔で土をこね、漬物石のような塊が十ほどできると、それらを全部まとめて足でこね出した。

次の日も、そのまた次の日もつきっきりで、きぬは鬼師の仕事に見惚《みと》れていた。

腰の高さほどの四角い柱状の粘土から角を削り落として、大雑把な外形を彫り出し、前後左右に位置を変えながら細部を整えていく。

道具はヘラと指先だけ。と言ってもヘラの数はざっと見たところ五十本はある。形が微妙に異なるほか、竹で作った物、うすっぺらな鉄の物、木製、と材質も違っている。

そういうのを自在に使い分けることで、鉋《かんな》がけのように土の皮が削げるので、面白くて目を離すことができなかった。

手先やヘラを濡らしては撫で回すだけで、自由自在に形が変えられていく。

（こりゃあ早いし凄い）

土の塊がみるみるうちに大蛇になり、おそろしい竜の顔に近づいていく。

（三日もいらないではないか）

と思った瞬間、ぐしゃっと潰された。

「まあ、せっかく出来上がりかけてたのに」

「いや、駄目や。元が悪いといくら直してもよくならんのや」

きぬには見分けがつかなかったが、気に入らなかったようだ。

「もうちょっと小さくなりませんか」

一枚折りではこんな巨大なものは造りようがない。

それに見本は手に取って裏返したり、逆さにしたり自由に動かせる方が都合がいい。

「これ以上小さくしたら、足や鱗など細部が物足らんようになり、その絵とかけ離れてしまうでぇ」

（それなら折り紙は大雑把でいいって言うの）

気に障ったが、神社でよく見かける狛犬《こまいぬ》もこれくらいの大きさだ。それより何倍も難しい形だから、仕方がないか。まだこのときは鷹揚《おうよう》に構えていた。

最後の朝。目が覚めると同時に作業場に跳んで行った。

「わあっ、出来たんだ」

「まだまだ……これからや」

寝不足の赤い目を隠すように目をそらす。

「絵をそのまま写し取ったみたい」

ぐるぐる回って見ての感想だ。

「もし乾かすとしたら、何日かかるの？」

「こいつなら、ひと月というとこやな」

「やっぱり乾くまでは待ってられないわね」

いくら話しかけても嫌な顔ひとつ見せず、集中力も落ちない様子には感心したが、聞くこともなくなってきた。

手先の造形の妙にも飽きてくる。その頃になってようやく、はたと気付いたのだ。

（駄目だわ。いくら眺めていても参考にはならない）

余分な部分を削り落とす鬼師の造形法と、折り重ねることで形を整えていく折り紙とでは、手順がまるで正反対ではないか。

「わたしもぼやぼやしてられない」

聞こえよがしにつぶやくと、部屋に走り込んでいた。

――粉々に割ってしまったら、すっきりするだろうなあ。

物騒な言葉でも浴びせないと、実際に手を出してしまいそうでこわかった。

非の打ち所がない粘土の竜が重荷になっている。

――こんなもの、無いほうがいいわ。

何度も口に出かかったが、なんとか飲み込んだ。その都度、見たこともない松平の殿様の悲しそうな顔が浮かんだからだ。

きぬは勝手に、去年家族で見に行った芝居の主役の顔を殿様に見立て、何十回となく会話を重ねていた。それ以上に、あの手紙を読み返している。

(うまくいかない。もう堪忍《かんにん》)

切れそうになる心を、なんとか支えてくれるのは殿様の手紙しかなかった。その手紙がなかったら、とっくに諦めていただろう。

「手紙は励みになっていますが、粘土の竜は余分でした」

ひとりきりになる深夜、何度も手紙に向かって話しかけるのが癖になっている。

恨む筋合いはないのだが、もし折れなかったら、責任は鬼師になすりつけたかった。深夜まで悪戦苦闘しても、いっこうにはかどらないときは、われを忘れて金槌を握りかねない。その寸前に、逃げるように部屋に駆け戻ってばかりいた。

そんなある日、とうとう堪忍袋の緒が切れる出来事が生じた。このところ、長元坊は頻繁に顔を出すが余計なことは言わず、きぬを労《いた》わって去るのが常だった。だが日が押してくると、さすがに耐えられなくなったのだろう。

「雛形《ひながた》がある割りには、手こずっているようじゃな」

長元坊らしくない無神経な言葉に、きぬはかちんと来た。

「こんな物は役にたちません」

「うん？ 見えるものは何でも折れるはずじゃなかったのか」

「わかりませんか？ 動きもしないし、重くて動かしようもないんですよっ」

精一杯冷たい言い方をして、きぬはぷいと作業場を抜け出していた。


「粘土の竜を動かしてみせろ、とな。うっふっふ」

重治は思わず笑っていた。

いや笑顔というより、苦笑と言い換えたほうがよい。ともかく年明けから今日まで、一度たりとも笑う気になどなれなかったのだから。

「平にご容赦を。できれば言わず内緒に、と思うておりました」

「そう気を遣わずともよいわ。所詮、人がやれることはちっぽけなものよ。天命に逆らうことはできぬ。ようやく、そういう心境に近づいた思いじゃ」

延宝八年（一六八〇）も卯月（四月）を迎えると、上様がご病気であることが誰の眼にも明らかになり、奥医師も付きっ切りで治療に当たる日々が続いていたが、病状が改善する兆候は一向に現れなかった。

「老中の馬鹿さ加減には呆れるという限度を超して、斬り捨てたい衝動を覚えるぞ」

重治の怒りは頂点に達しつつあった。

上様の気鬱を散じるためと称して大老・酒井忠清が盛大な饗宴を催すと、老中の稲葉正則、大久保忠朝らが負けじと宴を張る。

はたまた能じゃ、演武じゃと上様を引っ張り出すに及んでは、まるで死を急がせているようなものだった。救い難いのは、本気で「上様よかれ」と信じ込んでいることだ。

その挙句、いよいよ重態となると一転、見舞いを禁ず、とのお触れを出した。

誰が言い出したか知れぬが、毒を盛っている者がいるのではないか、という噂が蔓延しており、万一を懸念した老中たちは「謁見、届け物の禁止」という安易な防止策を打ち出した。

――献上できぬのなら、きぬの重荷を下ろしてやってはいかがでしょうか。

（長元坊、なぜそう言わぬ。刺し殺されるとでも思うておるのか？）

確かに、殺意を抱いたことがないとはいえぬ。何もかも見通していながら知らぬふりの長元坊が、無性に憎くなる時がある。

それからもうひとつ、重治が見抜いていたことがある。

高家に生まれ養父の慈愛に包まれて、純粋一途に育ったと信じておる家臣たち、中でも国家老の前野助左衛門が恐れたのは、主君が突然暴走するかもしれぬ、ということだ。なにも佐貫藩に限ったことではない。掌中《しょうちゅう》の珠《たま》のように大事に育てられた二代目、三代目が羽目を外す例はざらにある。人は育ちが良いほど、突然ぶち切れてとんでもないことをしでかすものだ。

何の落ち度もない近臣を手討ちにしたり放蕩にふけろうと、藩内での無軌道なら揉み消すこともできるが、殿中で諍《いさか》いを起こしたり、幕府を批判するなどとなると打つ手はない。藩を滅ぼす原因の一番手が藩主という皮肉な時代を迎えて、どう乗り切るか。それが重臣たちの最大の課題となっていた。

助左衛門もそうしたひとり。深く思い悩んでいるときに、救いの神が舞い戻っていることに気付いた。歳下だが己を凌ぐかと思えるほどの競争相手だったという信頼感、身分は捨てたが恩義は忘れておらぬ。捨てた女房、娘が平穏に暮らせるかどうかは、佐貫藩の動向次第。これ以上の適任者はいない。

（長元坊こそわしの鬱を抜き、暴発を防ぐための盾。どうじゃ、図星であろう）

「きぬはよほど追い詰められておると見えて、時々わけのわからぬことも申しておりますが、あの一途な気持ちが必ず竜神を折らせるに違いありませぬ。何卒いましばらくご辛抱賜りますようお願い申し上げます」

長元坊が去り際に残した言葉が、重治に重くのしかかっていた。

──きぬが見事に折りあげました暁には、必ず上様に献上賜りますよう……できぬ、と言われるなら今のうちに。

そう脅されているように、重治には思えるのだった。

腫れ物にさわる。周りの接し方がまさにそれだった。

邪魔をしてはいけないが、放っておくこともできない。入れ替わり立ち代わり、顔を出しては消える。わずらわしいが、励まされるのも事実だった。

始めの頃は差し入ればかり。きぬの好きなおせんべいや、おまんじゅう。せんは綿入れを、晋吉は籠目《かごめ》模様《もよう》の浴衣地《ゆかたじ》を持って来た。竹籠の編み目は六角形が規則正しく並ぶ。その目には厄除けの効果があると言い伝えられており、人気のある生地らしい。

長元坊は朝鮮人参や葡萄《ぶどう》酒をぶら下げて来たが、それらにまして石州楮紙《せきしゅうこうぞがみ》こそが一番の贈り物であった。

これまでも、わざわざ西国まで出向いて行ったり、各地の名産といわれる和紙を取り寄せてもらった。それを試す前に、見限られたかと観念するほどの空白が訪れたのだ。

竜神という難題を抱え、積んだままになっていたその和紙の見本をひとつ残らず試してみたところ、石州の楮紙が際立って強靭《きょうじん》で、薄くても折り目がしっかりついた。折りの総数は二千を超すと見ているので、箇所によっては何回も折り重ねることになろう。

（わたしにぴったりの紙。伊勢海老のときのような苦労はしなくて済むわ）

十万の援軍を得た気分になった。

その石州の和紙には遠く及ばぬが、母が縫ってくれた作業衣はたいへん重宝なので、数枚作ってもらった。筒袖と半纏の中間のような上着と、足首まである袴は動きやすいし、そのまま眠ることもできるので、手放せないものになっていた。

いよいよ難航してくると、差し入れが減る代わりに耳が忙しくなった。父が酒断ちを始めた。母が毎夜、お百度を踏んでいる。内緒話ほど伝わりやすいものはない。

雇い人や近所の人には風邪と言ってあるが、家族の様子から重病と思ったらしく、じっと動静をうかがっている。後ろめたい思いと、しげにお茶も頼めない不便さに耐えるのがけっこう苦痛だった。

そんなきぬの耳には「将軍様がご病気だそうだ」という噂だけは、届いて来なかった。だが、一歩も家の外に出ないきぬは、とっくに勘付いていた。松平の殿様の手紙を何度も読み返していれば、病人が誰かくらいはわかって当然。だからといって、どうこういうことはない。

(わたしにとって大事なのは長元坊さんと松平重治様。その先は誰だって構わない。おふたりはわたしの味方。粘土の竜を動かせ、という無理難題にも答えようとしてくださっている)

その一番手として、蛇が持ち込まれた。この季節にどうやって探したのか知らないが、それはそれは大きな青大将だった。くねくねした胴体の動きは、まさに竜と同じだろうと思えたが、こわくて見ることができなかった。

すると次の日は、みみずを見続けよ、と強いられた。赤いぬるぬるした身体が這うのを見るだけで、きぬは吐きそうになった。

ならば、これしかない。そう言われて見せられた物には安心した。提灯《ちょうちん》、それも小田原提灯と呼ばれる細くて長いものだった。今から百年以上も前に小田原の甚左衛門さんという方が、持ち運びに便利なようにと作ったものらしい。

最初からそれでよかったような気がしたが、生身のくねくねした動きが頭に残っているから、提灯を伸ばしたり、たたんだりするだけで竜本来の動きが摑めたのだろう。

動きがわかれば、骨格は想像がつく。きぬの頭はようやく活発に動き始めた。

蛇腹折《じゃばらお》りは伊勢海老で使ったが、筒状に折るのは初めてだ。蛇腹が折り込めると、どこからでも角が出せ、脚や鱗なども自在につけられる。

とはいうものの九種の動物をひとつにした竜には手こずった。一匹ずつならすぐ折れる。

それを根気よく繋《つな》いでいくが、思うようにいかず、叫び声とともに引き裂く始末。きぬの苛々《いらいら》は頂点に近付いていた。

「何枚使ってもよい。切り込みも必要なだけ入れる。割り切って作りなさい。不切方形一枚折りなんてのにこだわって間に合わないより、手抜きでも間に合わせた方が八方うまく納まるのじゃないかしら」

さとのひと言が、きぬを救ってくれた。

「出来たのねっ」

「よくがんばったのう、きぬ」

両親の声で、目が覚めた。

「きぬ、よかったね」

（しまった、片付ける前に寝てしまったのか）

三日前から、作業場の隅でごろ寝するようになっていた。

髪を洗う暇も惜しいので臭いに耐えられなくなるまで我慢している。そのうち結うのも面倒になって、頭の上にぐるぐる巻きにして元結で縛ってある。晋吉だけには見せられない姿になっていた。

「だめよ、これはまだ出来損《できそこ》ない」

自分でも不機嫌な声だと、きぬは思った。

「どうして？　十分だと思うけど」

「おっかさんにはそう見えても、見る人が見れば、死んでると見抜いてしまうわ。これ、四枚の紙を継ぎ合わせているだけなんだから。さあ、ふたりとも出て行って」

（考えてもみてよ。四《よ》つ切《ぎり》にされて生きている動物なんているはずないでしょ）

二十七日になった。今年の卯月は小の月で二十九日しかない。今日という日を入れて残すところ、あと三日。

「どうでしょうか」

すがるような気持ちで尋ねた。

（二枚折りにまで持ってきた。もう許して）

声には出さぬが、心も身体も悲鳴をあげていた。

「天に昇れぬ、と嘆いておるように見えるがのう」

長元坊は痛ましそうな眼をしながらも、妥協しなかった。

（いいわ。死んであげる）

きぬは夜通し、ぶっ倒れるまで折り続けるつもりになっていた。

きぬが四苦八苦しているころ、重治もそれに劣らぬ苦闘を続けていたのだが、市之進はおろか長元坊さえ気付かずにいた。その理由はふたつ。

重治の戦いの相手が誰か。当人自身にも見えていなかったことがひとつ。

もうひとつは重治の性格による。重治は悩みが深いほど内に閉じ籠もる傾向があり、しかも平静を保てるだけの自制心を備えていた。

見えない敵の第一は、家綱を死の世界に引きずり込もうとしている病魔であるが、これに対抗できるのは、きぬに託した竜神のみである。

長元坊の言うように薬も医術も通じぬとすれば、神頼みしかない。しかも絵と雛形を揃えた今は、打つ手がない。きぬが折りあげるのを待つだけだった。

第二の敵は五代将軍であるが、やはり顔がない。実子がない家綱の後継者が誰になるかは、まだ見えていないのだ。

実力からすると家光四男の綱吉《つなよし》が有力だが、鎌倉幕府の例にならって宮様を将軍に迎えようとの異論もあり、予断を許さぬ状況にあった。

(どちらが将軍の座を射止めても変わらぬと見ておこう)

将軍といえども老中や徳川一族の意向を無視しては動けぬ。いまや集団が政《まつりごと》を動かしているという意味において、権力は顔を失い大きな塊にしか見えないのである。

その顔の見えない相手に重治は怯えていた。権力者が交代すると、人心一新の号令の下に旧勢力が一掃されるからだ。先代のお気に入りほど冷遇される確率は高い。政権交代をひと言で言えば、利点が欠点へと暗転する分岐点ということだ。

家綱の従兄弟という境遇が最大の障害になり、折り紙の献上という特例を認められていたことも不利、その上瀕死の上様に竜神を届け奇跡の回復に賭けようというのだ。

（これだけ目立ってしまうと、無傷でいられるはずがない）

だからといって、竜神を見限る気持ちはさらさらなかった。今ここで家綱様を見限ることは、己の生き方に欺瞞の烙印を押すことになる。

（養父から受け継いだ佐貫藩を潰してはならぬし、なんとしても上様に安らぎをお届けしたい）

あちらを立てれば、こちらが立たず。葛藤する重治にはまだもうひとつ解かねばならぬ難題が残っていた。

面会禁止の上様に、どうしたら竜神を届けることができるか。懐に入れていけるなら監視の隙を突いて、という可能性も無いではないが、折り数が伊勢海老の倍とすると竜神は幼児くらいの大きさになるだろう。見咎められずに大手門をくぐるだけでも至難の技だ。

苦悩する重治の前に、江戸城という巨大な難関と、残りわずかな限られた時間の壁が厳然と立ちはだかっていた。

「殿、明後日はいかがなされまするや」

市之進の声は低いが凛とした響きを持つので、瞑想もすぐに破られる。

一度苦情を言ったことがあり、それ以来、よほどでない限り声を出さないようになっているのだが、今日という今日は辛抱できなくなったのだろう。

「月初めのご挨拶に登城する。慣例の通りじゃ」

「特別にご用意する物がございますれば、今日中にお申し付けくださいますよう」

「すでに書き記しておいた。これへ」

襖が開き、市之進が現れた。

「拝見いたしまする」

昨夜、重治は何度も眼を覚ました。

竜が折りあがるかどうか、を疑ったわけではない。それをどのようにして家綱様のお目に入れるか、という課題が解けていなかったからだ。

義父が存命であれば、と思ったことも二度や三度ではない。老中の権限で、特例として拝謁を許してもらえたに違いない。

だが久世広之はすでにこの世の人ではなかった。昨年六月、脳卒中で倒れ、あっけなく死んでいる。享年七十一歳だった。

城中で大久保加賀守忠朝を待ち受け、それとなく頼んでみたこともある。

「何か思い違いしているようだのう。老中の達《たつし》をなんと心得ておるのじゃ」

碁を習うと称して、義父の屋敷に足繁く通っていたことなど、すっかり忘れたかのような高飛車な態度だった。

正攻法に立ち返り、病気見舞いの嘆願書を何度も出してみたが、いずれも無視されただけで、何の音沙汰もない。

——いかに忠義の臣であろうと努めても、地位が伴わねば無に帰する。どんな手を使《つこ》うてでも、先ずは偉くなることじゃ。

義父の忠告を無視し続けたことへの、痛烈なしっぺ返しを受けている。

——こうしたやり方でよろしいのか？

老中の不当な取り決めに抗議したくとも、その場さえも与えられることはない。

——不甲斐無い男と笑ってくれ、きぬ。

土下座して謝る自分の姿を、夢に見ていた。

『笑ったくらいでは済ませられませぬ。竜を折るのは、あたしにとっては命を懸けた戦《いくさ》でした。殿様は戦に出ようともせず、詫びて済ませようとなされています。卑怯です』

きぬに責められたお陰で、必勝の策が生まれたのだ。

「これは……」

「用意できぬ、と申すか？　市之進」

「あ、いや。いつ、いかなる時にも、真っ先に持ち出せる用意は万端整っておりますゆえ、ご心配には及びませぬが……」

「では、頼んだぞ」

それを担ぎ出したら最後、もはや後戻りできぬことは重々わかっていた。

十

「よくぞここまで……」

猛々しい竜がいた。今まさに天空に駆け昇ろうかというように、一天を睨んでいる。

大きく裂けた口から吐き出す炎の息まで見えたように錯覚し、思わず身を引いてしまった。

「最後は粘土の竜が助けてくれた、と打ち明けてくれました」

「ふっ?」

「鬼師が何度も何度も、出来かけで壊すのを眺めていたそうでございます。元が悪いと、どうあがいても良くはならぬ。その言葉を思い出した途端、光明を見たそうです。

基本型をさらにひと折りずつ戻していって、ついに分岐点にたどりついた。そこを逆折りすることで、ふたつがひとつに繋がった、と申しておりました」

「ふ〜む。基本型に欠点が潜んでおったのか」

他に折りようがないから基本型という。

本来は疑う余地のないものなのだ。

「あっぱれという言葉も白々しくなるほど、ようやってくれました」

長元坊でも人並みに疲れたと見える。

そう思って見ると、顔の皺がひときわ深くなったように感じられた。

「これで明日の戦が存分に戦えるぞ」

「それがしにも、ぜひお供を」

「気持ちは嬉しいが、連れてまいるわけにはいかぬ」

「駕籠を舁《か》くだけなら支障はございますまい」

「身分うんぬんを申しておるのではない。わしひとり通るのさえ難しい道を、無理やりこじ開け強行突破せねばならぬ。手をこまぬいて門外で待つくらいなら、ゆっくり休んでいるほうがよい」

「ははっ。では休ませていただきまする」

「うむ」


江戸城に登るについては、種々多様な決まりがある。

その日、重治が乗った駕籠は打揚腰網代《うちあげこしあじろ》。担ぎ手の陸尺《ろくしゃく》は国持《くにもち》大名格に準じて八名である。全員、紋付の羽織を着用するが脇差は帯びてはならない。

先頭に工藤市之進、駕籠の左右に若侍が各一名。他に草履取りと挟箱持《はさみばこも》ち。その後ろにもう一挺の駕籠が続き、後尾に壮年の侍がふたり従っていた。

外桜田の上屋敷から大手門までは近い。ほどなく着いた。大手門をくぐると、三の門手前の下乗所で駕籠を乗り捨てる。そこからは徒歩で入城するのが決まりであった。供は侍ふたりと草履取りに挟箱持ち。他はそこで待機させられる。

重治の異様な身なりを見て門番が目を剝いた。ひとりが門内に駆け込むと、数人の侍が飛び出してきた。

みな、驚いた顔で立ちすくむ。

「失礼つかまつる」

市之進の言葉を合図に一行は何事もなかったように中之御門まで進んだが、そこでひと悶着起きた。

「それがしは服部半蔵の家臣、小宮十太夫と申す者。本日の登城は何人《なんぴと》たりともご遠慮願うよう仰せ付かっており申す」

言葉は丁寧だが、顔つきは卑しく品がない。

「服部様に指図される筋合いはないと存ずるが」

市之進は冷静に応じている。

「上様ご病体という非常時ゆえ、わが主君が特別の警護を仰せ付かっており申す」

「それはお役目ご苦労に存ずる。されど寺社奉行兼奏者番、下総国佐貫藩主、従五位下《じゅごいのげ》、松平山城守重治の緊急登城でござる。お通しあれい」

「ならぬ」

押し問答になりかけた。

その時、重治の口から大音声《だいおんじょう》が飛び出した。

「黙らっしゃい。背中に負うたものを何と心得る？　出陣の邪魔立てをする者は斬り捨て御免。それを承知の留め立てかっ」

武士の礼装である上下姿《かみしもすがた》の上に父祖伝来の鎧櫃《よろいびつ》を背負い、短い槍を携えている。鎧櫃は後ろの駕籠に入れて運んできた物だ。

その昔、火急の際はこういう戦支度《いくさじたく》で駆けつけたものであるが、幕府創設以来八十年を通じて江戸城においてはその例がない。

だが、いくら平穏な日々が続こうと、戦時の備えを怠らぬことは武家の心がけの第一とされていた。

小宮の顔が赤黒く変わり、身体がわなないている。

「むむっ」

抑えきれない感情が口を割りかけたが、必死で踏ん張っている。

配下どもがたまらず六尺棒を振り上げた。

「待てい、早まるでないっ」

爆発寸前の配下を一喝すると、自ら一歩退き道をあけた。

出陣を妨げると、斬り捨てられても文句は言えぬ。それに城内での刃傷《にんじょう》沙汰《ざた》はわが身だけに留まらず、主君にも咎めが及ぶ。小宮は顔を真っ赤にして耐えた。

制止が解かれると同時に、伝令が城内にすっ飛んでいく。

重治主従は堂々と歩を進め、本丸御殿の玄関に着いた。ここからの通行は大名ひとりのみと決められている。槍も市之進に預けた。

本丸表の間取りは永年の務めで頭の中に刻み込まれており、案内がなくとも自由自在に進むことができる。

鎧櫃を背負ったまま式台を左に折れ、大広間脇の廊下を歩く。普段なら大広間には外様の国持大名が数名詰めているのだが、上様重病を憚《はばか》ってか、空室のようである。

虎の間から警護役の書院番が走り出てきた。廊下の両側に片膝をつくと、今にも飛び掛からんという構えを見せている。その前を臆せず通り抜け松之廊下に出た。

中庭を右手に、無人の御三家部屋を左に見ながら歩いていくと、奥坊主や表坊主が走り回る様子が滑稽に見え、余裕が生まれた。

白書院を突き抜け竹之廊下を進むと、黒書院の手前に人の列ができている。小姓や付き人であろう若侍たちが、柵際の若駒さながらに荒い息を吐いているが、足は根が生えたように立ち尽くしていた。鎧櫃が彼らを釘付けにしているのに違いない。その呪縛を解かぬよう歩調を一段緩くして通り過ぎた。

さすがに御錠口《おじょうぐち》には厚い人垣ができており、一旦、立ち止まるしかなかった。ここを通り抜けると中奥。上様の生活される領域ゆえ当然の守り。ふたりや三人くらいは殴り倒して潜《くぐ》り抜けようかと決めている最後の関門だ。腋の下から冷たい汗が流れ落ちた。

心を静めて人垣を見回してみる。土圭之間《とけいのま》から繰り出した新番衆の中央に、御用部屋から駆けつけたと思われる老中の顔を見出した。

今この場に居合わせた老中はふたり。土井能登守《のとのかみ》利房と大久保加賀守忠朝を認めた瞬間、策が閃《ひらめ》いた。

(このふたりを封じ込めば勝てる)

「加賀守様に面会の執《と》り成しを拒まれては、こうするより他に手立てがござらぬ」

響き渡らんほどの大声で、責任を大久保忠朝になすりつけた。

大久保は一瞬、うろたえたように身を引いた。すかさず歩を進め、すれ違う瞬間、相手の歯軋りを聞いた。

いまひとりの老中、土井利房に軽く会釈を送ると、わずかに眉が動いた。大久保との間に何やら謂《い》わくがありそうだ、と悟り静観を決め込むつもりになったのであろう。

(読みが当たった)

重治は顔を真っ直ぐ前方に向け、気合を溜めながら突き進む。絹を裂くように人垣が割れた。

人影の尽きた萩之廊下を突き当たり、左に折れると将軍御座所は眼の前にあった。

「山城守、たいそうな格好で何をしに参った？」

すでに事態を聞きつけている大老・酒井忠清が皮肉な問いを発したが、すぐに将軍にたしなめられた。

「雅楽頭《うたのかみ》、その方こそ間違うておるぞ。山城守は予の病魔退散に馳せ参じてくれたのじゃ。武士の出陣を何と心得る。治にいて乱を忘れず。予はこれほどの忠臣を持っておったことを誇りに思うぞ」

臥せっておられるものとばかり思っていたが、絹布団の上で脇息《きょうそく》にもたれて座っていらっしゃる家綱様が眼に入った。

ひと目で衝撃を受けた。色白だったお顔が蠟《ろう》のように透けている。

紬織《つむぎおり》の綿入れ襦袢《じゅばん》に縞縮緬《しまちりめん》の上着を博多帯《はかたおび》で締め、黒縮緬の羽織を召していらっしゃるお姿も、もはやこの世の人でないように思えた。

「人払いじゃ」

「ははっ」

酒井が這いつくばり、にじり退がる。

「さあ、入れ」

下馬将軍の異名を持つ酒井侯が投げて寄こした憎しみの目を、一瞬、危険なものに感じたが、ためらっている時ではない。

「お座りになられておって、大丈夫にござりまするや」

「今朝は気分が良くてのう。なにか良いことがありそうな気がしておったところよ。よく来てくれたのう。取巻きの愚臣どもが、誰も寄せ付けぬようにしてしまいおって、ほとほと腐っておったのじゃ。

それにしても鎧櫃で押し通るとは、よう考えたのう。重いであろう、早く下ろして楽にせい」

「では失礼して、櫃の中身をご覧いただきまする」

櫃を傍らに置くと、蓋を外して竜神を取り出した。

「鎧の代わりに、折り紙を入れてまいりました」

「うう」

竜神を睨み据えた上様の動きが止まった。

差し障りが生じたか、と本気で案じたほどだ。

「今生《こんじょう》の思い出に、よき物を見せてくれおったわ。山城守、重ねて礼を言うぞ」

ふう～っ、という溜息に続いて、絞り出すようなお声が洩れた。

「ありがたきお言葉、痛み入りましてござります。されどこの竜、それがしの折りにあらず。きぬと申す商家の娘の作でござります」

「なんと……たいしたものじゃのう。その町娘とやらを見てみたいものじゃが、そうもいかぬ。よしなに申してくれい」

「もったいないお言葉、かたじけのうござりまする」

「予にはいまだ、次の将軍を決める、という最後の大仕事が残っておるが、この竜から生気を貰いながら必ずし遂げてみせるぞ。孤軍奮闘を覚悟しておったが、百万の援軍を得たようじゃ」

家綱にはいまだ御子がないため、次期将軍候補は兄弟から選ばれるのが順当だ。家綱は五男二女の長男だが、次男と五男は幼児のまま亡くなっている。さらに三男の綱重が二年前に病死しているので、残っているのは四男の綱吉のみ。ところが綱吉とは仲が悪い。

(五代将軍に宮様をお迎えするという噂は、家綱様の御意思だったのかもしれない)

そういう思いが一瞬、頭をよぎったが、重治ごときが関われる問題ではなかった。

それに何より、喘ぐような息遣いで悲壮なお覚悟を吐露《とろ》される家綱様を眼にしているのは、身体が引き裂かれるほど辛いことだった。

できることなら己を身代わりにしても、このお方を救いたい。

純白な思いは、酒井侯の無粋な咳払いで無残に汚された。

「ご奮闘をお祈りいたしまする」

別れの言葉を絞り出すと、わが身に鞭打つ思いで後じさりする。

「重治。いかなることがあろうと、腹を切ってはならぬぞ」

上様の諭すような声が、矢のように突き刺さった。

一瞬、呼吸が止まって棒立ちになったが、歯をくいしばって耐えると、空になった鎧櫃を引っさげふらつくように退出した。

その日の昼には、鎧櫃を背負うての登城まかりならぬ、との触れが出たが、それより早く、重治の振る舞いは江戸中の大名屋敷、旗本屋敷に伝わっていた。

鎧櫃登城から七日後の五月八日、家綱薨去《こうきょ》。将軍在位二十九年、享年四十歳の若さであった。

訃報を追うように上野館林《こうずけたてばやし》藩十五万石の綱吉侯が徳川宗主に就いた旨が報じられた。将軍宣下《せんげ》は八月との補足もついて回った。

三十五歳の綱吉侯には感情の起伏が激しく、独断専行が過ぎるとの噂があり、家綱様が危惧を抱かれていたとしても不思議はない。

——将軍は仏像と同じよ。民の動きをただ見守っているだけじゃ。絶対権力を握る者が己の好き嫌いで直接指揮すれば、民は右往左往することになる。

いつの日だったか、そう洩らされたお言葉が記憶に残っている。

この継承が孤軍奮闘と言われた家綱様の本意だったとは、重治にはどうしても思えなかった。

亡くなる二、三日前には意識朦朧《もうろう》、昏睡状態になられたという話も洩れており、何やらきな臭いものも漂ってくる。

だが、もはやどうにもならぬことだった。

そして実際に家綱が危惧した通り、綱吉の政策は度々、矛盾と混乱を引き起こす。その代表が「生類憐《しょうるいあわれ》みの令」による御犬様騒動であり、松之廊下の刃傷沙汰への裁決を不満とした「赤穂浪士の仇討ち」なのだが、いずれも十年あるいは二十年後になって初めてわかることである。


重治の屋敷の周りを不審な者がうろつくようになった。

寺社奉行には詰所がなく自らの屋敷が奉行所になるだけに、人の出入りは激しく、所《しょ》掌《しょう》も広いので色々な人物が行き来するが、長元坊は目敏く怪しい人物を割り出した。供を連れぬ侍。雲水。飛脚。棒手振《ぼてふ》りなど、さまざまな人体《にんてい》に姿をやつした不審者が、屋敷の周囲を見張っている。

「服部の配下。忍びの衆たちのようでございます」

「策を当てた方は痛快じゃが、やられた方には深い遺恨が残る。さて、次に打つ手で怒りを鎮めてくれればよいのじゃがのう」

五月十日に徳川一門と万石以上の藩主が登城し、徳川家宗主就任披露が行われたが、その三日後、重治は病と称して奏者番兼寺社奉行のお役目返上を願い出た。これには家臣だけでなく、大名・旗本も啞然となった。

重職辞任で反感を躱《かわ》そうとしたが、すかさず邪魔が入った。

「不届きである」

と、言うのである。

相手はあの大久保加賀守忠朝。重治の口上で、鎧櫃登城を誘発した張本人に仕立てられ、老中評議で針の筵《むしろ》に座らされたことだろう。

その男が当然とも取れる報復に出た。

——将軍交代直後に重職を放り出すというのは、殉死にも等しい。

との、厳しい意見を吐いているという。

殉死は家綱が将軍在位十二年目に禁止と定めており、「殉死に等しい」という言葉は禁令違反、それも「新将軍への反逆」という意味に通じるほどの強い意味を持つ。

かつては「殉死こそ忠義の鑑《かがみ》」と褒め称えられた時期があった。

「二君に仕えず」という潔さがもてはやされ、島津義久や伊達政宗の死に際しては、十人以上の重臣が殉死したと伝えられている。

だが殉死の流行は一方で弊害を生んでいた。殉死を強要するが如き悪《あ》しき風潮の中、やむなく死を選ぶ「義腹《ぎばら》」が続出するかたわら、子孫の引き立てを当て込んだ「商腹《あきないばら》」まで横行するようになっていたのである。

やがて、殉死によって優秀な人材を失うことの愚が論ぜられるようになり、黒田如水や藤堂高虎、井伊直孝、水戸光圀《みつくに》、保科《ほしな》正之ら有力藩主が相次いで殉死禁令を発するようになっていった。

四代将軍家綱も殉死はいたずらに死を促すだけで有害無益なものと認め、幕府の名において禁止することに踏み切った。

幼少の将軍であった頃は重臣の言うがままに決裁せざるを得ず、「そうせい」や「さよういたせ」を連発し、「そうせい侯」とか「さようせい様」と陰口をきかれた家綱が、二十三歳で初めて主動した禁令だったともいわれている。

大久保の反撃でいったんは窮地に陥りかけた重治に、思いがけない助けが現れた。

——山城守こそ真《まこと》の武士だ。

武家の間で高まった賞賛の嵐はまたたくうちに江戸城内を吹きぬけ、たとえ鎧櫃を背負っても入ることのできない大奥にまで易々と浸透してしまった。

歌舞伎役者顔負けの派手な登城で上様を見舞った姿と、重職をなげうって謹慎しようとする潔さが、聞く人すべてを感動させたのである。

大久保忠朝の進言を受けた形で老中評議に諮《はか》り、重治の処分をと目論んだ酒井雅楽頭もさすがに二の足を踏んだ。そこへ本当の殉死者が出た。

徳島藩蜂須賀家に身柄を拘束されていた堀田正信が、鋏で喉を突いて死んだのは家綱の死からひと月後、六月八日のことだった。

堀田正信は佐倉藩十一万石の藩主であったが、幕閣の無為無策が民衆を生活苦に追い込んでいるとの諫言書を出し、世直しの財源に役立ててもらうべく藩を返上する、として将軍の許可も得ずに領国に帰ってしまったため、狂人とみなされ領地没収のうえ他家預けとなっていたのである。

激情の士・堀田が遺書を残していたため、死の真相を闇に葬ることもできなかった。殉死禁止令を定めた当の将軍に捧げた死は幕閣のみならず、世間を大きく騒がせた。

これが江戸時代における最後の殉死になったことは、当時の人々が知る由もないが、重治の役職返上が殉死に相当するという意見は、実際の死の前に失笑の対象に化していった。

「お見事でございました。鎧櫃登城は自暴自棄《やけくそ》に等しいと思うたのは、それがしの大間違い。騒ぎを大きくすることこそ、多くの人に行為の意味を問いかけることになる。賞賛の砦《とりで》を築く狙いであったとは夢にも思いませんでした。まことに愚か者でございまする」

長元坊は登城騒ぎが火を大きくしたのではないか、と懸念していた。きぬ宛の書状だけなら見えない敵だが、無理やり上様を見舞ったことで見える敵を作ってしまった、と悔やんでいたのである。

「堀田殿の殉死まで飛び出そうとは思いもしなかったが、とりあえず策は当たったとしておこう」

ほっとしたというのが、本当のところだ。

「これだけ賞賛が寄せられる中、いかに綱吉様とて迂闊《うかつ》に手を出せぬはず。静観のまま時が経つうちに、無役の小大名など打ち捨てておけ、となれば万々歳。それこそ殿の思惑通りでございまするな」

「期待するのはまだ早い。権力者は執念深い生き物というぞ。家綱様の生母と綱吉様の生母は犬猿の仲で有名であった。綱吉様は母の恨みを晴らそうと、亡き家綱様の身代わりを探しているに違いない」

「お言葉を返すようですが、きぬ宛の書状は取り返しこの手で焼き捨てましたし、晋吉の家族には十分言い含めてありますので、証拠を摑まれる心配はございませぬ」

「ならば、そこもとはなぜ風体《ふうてい》を変えておるのじゃ」

いつもの道服ではなく、大店の隠居が好む羽織に着流しという格好をしておるではないか。

それ以上におかしいのは頭だった。

「この鬘《かつら》、なかなかよく出来ておりまして」

苦笑いでごまかしているが、服部半蔵配下の小宮十太夫と伊賀者の目を意識したものであることは明らかだ。

「なかなか似合うておるぞ」

「お褒めにあずかり恐縮にございます。で、それはともかく、お疲れも溜まっておることでしょうから、しばらくは国許にて折り紙でもお楽しみなされてはいかがでしょうか」

「不用意なことを申すでない。いま国許に戻ったら、どういうふうに取られるか……」

「籠城に備えての行為と勘ぐられたほうが、よろしいのでは？」

当面、新将軍は面倒なことは避けたいだろう。籠城する敵を攻めるほど面倒なことはない。腹立たしくとも見て見ぬふりをする。

その間だけでも佐貫藩の危機を先送りできる。

「これは一本、取り返された。たしかにその通りじゃ。それに先代の供養も存分に果たしたいものよ」

家綱を亡くしたという気落ちはあるものの、重職を離れる安堵感も強いものがあった。

将軍の代替わりという一大事に、諸大名や旗本は「この機に覚えめでたく」と慌てふためいているようだが、佐貫藩上屋敷だけは騒ぎから取り残されたように森閑《しんかん》と時が過ぎていた。

「きぬの婚礼がとどこおりなく済みましてございます。婚礼道具など祝物は、表見には地味ながら十分意を尽くさせていただきました。きぬに代わって御礼申し上げます」

家綱の死からふた月後の七月上旬、長元坊が上機嫌で報告に来た。

この日の午後、お役目からの退任願と国許での謹慎願がともに受理されたとの知らせも届いた。重治はかねてから決めていた通り、松平修理亮《しゅりのすけ》と名を改め、佐貫への出立を指示した。

佐貫では国家老の前野主膳が、いまや遅し、と待ち受けていた。主膳の父は九年前に逝っている。長元坊はやや寂しそうな顔で庄屋の湯へ戻っていった。

七月下旬に入国するや直ちに重治は、家臣のひとりひとりと直接会い、話を聞くことを宣言した。

軽輩まで含めるのは大変だ、と主膳は気遣ったが、重治に撤回するつもりはない。かねてからの予定の行動だ。

三十年前に改訂された慶安《けいあん》の軍役によれば、知行二百石の者は鎧持ち、馬の口取り、小荷駄係り各一名を引きつれ、戦に参じねばならぬとされている。以下、同様に十万石に至るまで細かく規定がなされている。

これに準ずれば一万五千石の大名は三百五十人以上の家臣を抱えていなければならないことになるが、実際はそれを守れる藩はなく、佐貫藩も二百八十三人というのが実数だった。そのうち四十八人が江戸に住んでいるから、当面の対象は二百三十五人。

ひとり半刻として午前に三人、午後に五人と会う段取りを命じた。その通りこなしたとして三十日かかることになる。

一番手は国家老の前野主膳。

「その方、ずう〜っと佐貫で暮らしてまいったのか」

という問いに始まり、どのような仕事をこなしてきたか、自由気儘に選べるならどんな仕事に就きたいか、を具体的に聞き出すことに終始した。主膳が答えた中身の要点は、部屋の隅に控えた市之進が書き取っていく。

面談の終わりには、どういうことを聞かれたか、をできるだけ詳しく朋輩に伝えるよう言い渡した。

前例が無いだけに、家臣たちは主君と直々に面談することにためらいを抱き、身分が低くなるほど逃げ出したいと思っているに違いない。

本心でないことを語られたのでは無意味になるから、事前に恐怖心を取り去っておくことが望ましいと考えたからだ。

山改役《やまあらためやく》・山田鉄蔵・二十二歳・三十俵取りを最後に、すべての面談を終えた。

一日だけ休むと、今度は城下の勝隆寺に籠もった。そこは文字通り、養父・勝隆の墓所であり菩提寺だった。

「父上の誇りでありました寺社奉行を自ら返上し、出世を棒に振りましたることをお許しください。されど武士の忠義より発したこと、いささかも悔いるところはありませぬ。役職を返上したのは、父上から引き継いだ佐賀藩を守るためでございます。このまま何事もなく過ぎますよう、どうかお力をお貸しくだされ」

許しを乞い、不孝を詫びる意味で、写経に没頭した。

無量寿経を写し終えると、観無量寿経、さらに阿弥陀経まで写し取った。文字数は二万六千五百十九字に及んだが、その一字一句に魂を込めたので、十七日間を要する大仕事になった。

写経の日付は養父が亡くなった十四年前の「寛文六年」を記した。万一、最悪の事態が起きたときは、鎧櫃を背負って登城した日以降の所業はすべて無に帰せられるに違いない。焼き捨てられるのを避けるための配慮であった。

養父の供養を済ますと、肩の荷がすっかり取れたせいか、深い疲れを覚えたので、湯治場に出向いて身体を休め、長元坊と語ることで心の安らぎを得た。

十月末、重治は三月《みつき》ぶりに外桜田の上屋敷に戻った。無役になったことで参勤交代の義務が生じたからである。今後は武家諸法度に準じて佐賀と江戸の暮らしを交互に送ることになろう。

二、三年はおとなしく過ごし、時を選んで嫡男の重宗に家督を譲りたい旨の願いを出し、相続が済んだら終《つい》の棲家《すみか》とすべく佐貫に身を移そうと思っていた。

幕府御用のなくなった身には取り立てて為すべき用事もない。江戸に戻って五日目からは佐貫で行った要領で、家臣との面談を開始した。

上屋敷を終えると、木挽町の下屋敷まで出向いて行き、十日間かけて四十八人の聴取を終えた。

重治は表面上はつとめて明るく装っていたが、心中は穏やかではなかった。十二月に、あの酒井雅楽頭が大老を罷免されたのを皮切りに、改易の嵐が吹き荒れ始めたからである。明くる天和《てんな》元年（一六八一）一月には、綱吉自ら裁決を下した松平光長の領する越後高《えちごたか》田《だ》藩二十六万九千石の改易騒動。

その後わずかふた月のうちに遠江掛塚《とおとうみかけづか》藩、駿河《するが》田中藩、播磨姫路《はりまひめじ》藩、武蔵岩槻《むさしいわつき》藩、遠江横須賀《よこすか》藩、播磨明石《あかし》藩、陸奥浅川《むつあさかわ》藩、上野沼田《こうずけぬまた》藩、大和新庄《やまとしんじょう》藩などが続々と、減封や御取り潰しになっていった。

綱吉政権三年目も陸奥岩沼《いわぬま》藩、常陸《ひたち》藩、小張《こばり》藩、石見吉永《いわみよしなが》藩が廃藩となった。

こうした改易の報が入る度、重治の指には力がこもる。市之進が記した書面と面談したときの記憶をつきあわせながら、二百八十三人の紹介状を作成し続けている。

戦乱が続いている頃、禄を失った武者たちは戦場での手柄を記した旧主の感状《かんじょう》を掲げ、再仕官の口を探したものだと聞いている。

今の時代は違う。戦に出たことがない家臣が大半だし、首をいくつ取ったと自慢したところで、その剛勇を発揮する場そのものがない。

平時においては、どんな仕事が得意か、何をやりたいかで雇ってもらえるかどうかが決まるのだ。

奏者番のときに世話した諸大名の印象を思い浮かべる一方で、家臣の中からこれぞという人材を選び出し、結び付けてゆく。

(わしにしかできぬ仕事だ)

と思うと、筆先に力も入る。

佐貫藩が改易の憂き目にあった時に渡せるよう、こつこつと書いてきたので、ほとんど終わりにさしかかっていた。

その最中にも、不幸は襲いかかった。幼少の頃から病弱だった嫡男・重宗が風邪をこじらせ半月ほど寝込んだ末、天和元年十二月に息を引き取ったのだ。享年十八歳という若さである。

(幸薄い倅であった)

常々覚悟はしていたものの、いざ失ってみると、やりきれなかった。

できるなら早々に隠居し、藩主の座に就かせてやりたかった。ところが現実は己の忠義を優先したことで表舞台を退き、親類付き合いまで自粛して、貝殻に閉じ籠もったヤドカリのように、ひっそりと暮らしている。

葬式さえ密葬という人目をはばかる形で済ますしかなかったのも、ひとえに己の責任以外の何物でもない。

(許してくれい)

養父の供養と同様、三種の経典を写し冥福を祈ること。

それだけが、早世した長男にしてやれるすべてであった。

旅の俳諧師に身をやつした長元坊が上屋敷を訪ねて来たのは、家綱様の薨去《こうきょ》から四年目の貞享《じょうきょう》元年（一六八四）夏のことだった。

半年前に伺いを立てていた家督相続・隠居願《いんきょねがい》が十日前に却下されていた。

隠居は表舞台から降りるという意思表示であると同時に、幕府の指図の外に身を置くと宣言することだと言い換えてもよい。

その願が認められるということは、過去を問わず無罪放免すると通告されたことと同じである。逆に願を却下するというなら近い将来、罪を言い渡すぞ、と宣告されたものとみなさねばならぬ。

賭けは凶と出た。

「一年以上、改易の事例が絶えておるのが不気味じゃのう」

次はどの大名が槍玉にあげられるか。外様大名は言うに及ばず、譜代まで息をひそめて不安な日々を送っているのは、侍と名のつく者なら誰でも知っていよう。

「御意。油断はなりませぬ」

(この男もわしと同じ見立てをして、すっ飛んで来たとみゆる)

「よい話もございます。きぬが跡取りの男の子を産みましたる様子、近所で聞き出してまいりました」

(火の粉が降りかかるのを防ぐために、会うのを断念したか。辛かったであろう)

「久しぶりに、きぬのことを思い出させてくれたのう。もうすっかり染物屋のおかみが板についたことであろうぞ」

「長女が二歳になっております。これがきぬに瓜ふたつでございまして。早くも折り紙で遊んでいるそうですから、将来が楽しみです」

眼を細めるしぐさなど、孫の自慢話をする老爺となんら変わりがない。

「伊勢嘉の方も変わりはないか」

「はい、やたら売れない代わりに、目立った落ち込みもない。ほどほどというところで、何の心配もいりませぬ」

「では、そろそろ仕上げにとりかかるかのう」

「やむを得ないことかと存じまする」

胎《はら》は通じた、という柔和《にゅうわ》な顔を見せて長元坊が下がっていくと、入れ替わるように市之進が入って来た。

「お呼びでございますか」

「うむ、時が来たようじゃ。かねてから申し付けておいた件に取りかかってくれい」

打てば響くように返事を返す男が黙っている。

「聞いていなかったのか？」

「いいえ……今しばらく様子を見られてはいかがでしょうか」

「後戻りできぬことは承知しておる。だが、ためらえば後悔の種を増やすことになる。頼む、動いてくれい」

「ははっ」

「では、まず須磨をこれへ」

泣き出しそうな顔で市之進が下がり、しばらくすると、か細い声が聞こえてきた。

「ご用をうけたまわります」

この四年間ですっかり老け込んだ妻に、逆らう元気はないようだ。

「これを受け取ってくれい」

「はい」

去状《さりじょう》をそのまま胸にしまうのを見て、思わず声が出た。

「中身をあらためなくてもよいのか」

「覚悟は出来ておりました」

「そうか。辛い思いをさせるが、許せ」

「いいえ、お詫びせねばならないのは、わたくしの方でございます。町娘に嫉妬しなければこんなことには……」

そうではない、と言おうとしたが、そうさせない何かがあった。

「達者で暮らせ」

五人の子をなした妻にかける最後の言葉は、あまりにも平凡すぎて情けなかった。

この日から始まった当屋敷への人の出入りの激しさは、見張りの伊賀者どもを翻弄したことだろう。

須磨の荷物に紛れるように、多数の物品が持ち出された。

先祖伝来の家宝や、勝隆と重治の寺社奉行在任中に送られた御礼の品々、掛け軸や壺、刀剣、彫刻類をすべて骨董屋に引き取らせ、換金した。

役職を忠実に果たしているだけなのに、諸大名、旗本、神社や寺院などから法外な謝礼の金品が届く。

まるで悪徳商人ではないか、と嫌気がさし、全部突っ返そうかと何度思ったかしれないが、同役の手前、自分だけ勝手なこともできぬと目をつぶってきた。

汚い物のように無視し、家人にも手を出すな、と釘を刺してきたが、それがこれほどありがたいと思えるのだから、人の運命とはわからないものだ。

一方、江戸詰めの家臣たちには直筆の書状と贈答品を持たせ、他藩の藩邸を手分けして回らせた。

書状には故あってご無沙汰をしていたことへのお詫びに始まり、近々家臣を減らす予定なので優秀な人材をぜひ受け入れてほしいと頼み、最後に当藩士の純朴で真面目な気風を具体的に紹介する内容となっている。

改易が決まれば足元を見られ、家宝も買い叩かれるし、他藩は関与を恐れて門戸を閉ざす。それを見込んで先回りしておこう、という腹積もりだった。


「やはり、あの書状が災いの元になりそうです」

長元坊の言葉を、重治は誤解して取った。

「なぜじゃ。優秀な家臣を売り込んで何が悪いというのじゃ」

「いえ、その書状ではなく、きぬ宛の例の書状の方でございます」

「きぬに宛てた……あれは処分したはずではなかったか」

「たしかに処分いたしました。が、その前に赤の他人が眼にしておりましたようで」

「赤の他人じゃと？　詳しく申せ」

書状の真贋《しんがん》を確かめるため鑑定に持ち込んだのは、人相風体から考えてきぬの父親らしい。

鑑定人は「依頼案件は決して口外しない」という商売上の鉄則を守っていたが、半年前、まったく別の案件で町奉行の逆鱗《げきりん》に触れた。

遠島をちらつかされた男が切羽詰って、取引材料に持ち出したのが、きぬに預けたあの書状。

長元坊が摑んできた内容ゆえ、疑う余地はない。

「伊賀者の手柄ではなかったのじゃな」

「小宮十太夫初め服部の手の者たちもいまだに執念深く探っておりますが、今お屋敷を取り巻いているのは町奉行の配下でございます」

(服部勢より手強い相手だ)

三奉行の一角に祭り上げられてはいるが、町奉行は旗本の中から選ばれ役料は三千石に過ぎぬ。この先、出世したとしても大目付が関の山。町方相手の司法という役務も、武家の間では軽蔑されている。

譜代大名で老中も嘱望される寺社奉行に、劣等感と反感を抱いているので始末が悪い。

「されど証拠がございませぬ。仮に喚問されても、知らぬ存ぜぬ、と押し切ってくだされば大丈夫でございます」

「それはできぬ」

「なぜ、でございまするか」

「知らぬ、と言えばわしは助かろう。だが、その鑑定人はどうなる？」

「家臣より鑑定人が大事と仰せなさるか」

「冷静になれ、長元坊。改易になったとしても、家臣が餓えないようにと、手を尽くしておるではないか。苦労はさせるが死なせはせぬ。

だが鑑定人とその家族は間違いなく死ぬ。罪のない者を巻き添えにしたのでは、忠義どころか大不忠じゃぞ」

それに鑑定人を見殺しにしたところで、別の手を仕掛けてくるのは明らかだ。

改易の理由たるや、いかに些細で理不尽なものが多いことか。何十年も不問にしてきたことを糾弾したり、わざと罠を仕掛けるのもお手の物。

つまり、絶対権力者に睨まれたら、逃れる道はないということなのだ。

「お、おそれいりました。鎧櫃を背負って登城なさる前に仰せられた、万一の際の策はある、のお言葉通り、次々に策を打たれるのを拝見しております。

四年もの時を稼いでくれた鎧櫃登城こそ、殿でしか考えつけない秘策でございました。

それらを忘れて、家臣を案じてくださるお心を軽んじるようなことを申しましたること、ひらにお許しくだされ」

長元坊の言葉を聞きながら、重治はふっと妻の去り際の言葉を思い出した。

きぬを屋敷内に住まわせておれば、書状を渡す必要などなかった。

（そういう意味では、須磨の反対がすべての歯車を狂わせたのかもしれぬ）


粘りつくような猛暑が去って、ほっとひと息ついたところへ喚問状が届いた。

評定所は三奉行がそれぞれ所管する事項の中で、他の奉行にまたがるものや、とくに重要案件であると判断されるものを裁く、幕府の最高訴訟機関である。

三奉行と老中一名、大目付らが集まって、合議のうえ決せられる仕来たりになっていた。

重治も以前は寺社奉行として列席し、何件かの案件を審議したことはあるが、よもや被告席に座ろうとは夢にも思わなかった。

「その方が、町娘に書状を差し出すという不届きな行為を犯したという訴えがあがっておるが、心当たりはあるか」

寺社奉行・大久保安芸守忠増《あきのかみただます》の声はどこか投げやりに聞こえた。

相手の名も書状の中身も特定せずでは、否認されるのは明白だ、と決め付けているような節がある。

「相違ございませぬ」

重治が答えた瞬間、うっという複数の声が洩れた。

勘定奉行・中山主馬《しゅめ》信久は細い眼を見開き、老中・阿部豊後守正武《ぶんごのかみまさたけ》も唖然とした表情で見つめていた。

町奉行・北条安房守氏平《あわのかみうじひら》だけがにやりと笑うのを重治は目の隅に捉えた。

「な、なんと。認めるというのだな」

「いかにも」

「相手は誰じゃ」

「その娘に罪はありませぬ。難儀がかかるゆえ、言えませぬ」

「では、どういう内容だったか、申せ」

「私的なことゆえお断りいたします」

重治の予想したとおり、騒《ざわ》めきが起きた。

「それでは審議にならぬ。その方も評定所の審議がいかなるものかは、よく存じておるはず。正直に話せば寛大な処置も考えられぬこともない」

「ご配慮かたじけないが、何も申せませぬ。ただし、神明に誓ってやましいことをした覚えはございませぬ」

座が一瞬にして白けた。

しばらくして、

「よろしいか」

勘定奉行が大久保の了承を得たうえで切り出した。

「あの評判になった竜の折り紙に関するものではござらぬか?」

忠義を盾にすれば有利に運ぶぞ、という思いやりが感じられる。

「申し訳ござらぬが、お答えできませぬ」

(鎧櫃を背負って乗り込んだことで老中を敵に回したが、今なお老中に留まっているのは大久保忠朝ただひとり。大久保はこのわしを殺したいほど憎んでおろうが、老中全員を同調させる力があれば、とっくに仕掛けているはずだ。真の敵は綱吉侯をおいて他にはない)

重治を囲っていた賞賛の壁が、四年という時の流れで穴だらけになっている、と見做《みな》したに違いない。

(蛇に睨まれた蛙じゃ。しかも蛇は絶対的な権力を手にしてしまった)

そう確信する重治には、いまさら忠義を持ち出して命乞いをするつもりはない。

「もう十分ではござらぬか」

勝ち誇ったような町奉行の声が評定の終わりを促していた。

重治の身柄は十一月七日に会津藩・保科肥後守正容の江戸屋敷に移され、十日に裁定が言い渡された。

「その方、これよりさき重職にありて、公の掟をもわきまえたる身にもかかわらず、卑賤の者に筋なき書を送りつけたること、不当の所為なるにより……」

使者の読み上げるお咎めの理由に、重治は腸《はらわた》が煮えくり返る思いを抱いていた。

折り紙の手筋の良さを褒め、竜神がごとき複雑な素材を折れるのは他にいないゆえ、婚礼を延ばして折りあげてほしい。この内容で罪が問えるなら、幕法などあってなきものと認めるに等しいではないか。

「なにが『不当の所為』だ」

そう叫んで徹底抗戦したかったが、襖一枚向こうには襷掛《たすきが》けに袴の股立《ももだ》ちを取った侍たちが、刀の柄に手をかけて待ち構えているのはいうまでもない。抵抗すれば、何の落度もない会津藩士たちを巻き添えにする。

身柄を他家に預けておいてから裁定を言い渡すのは、騒動が起きた場合に幕府は関与していないと逃げるための方便なのだ。

曖昧模糊《あいまいもこ》とした罪状によって重治の禄は召し上げられ、佐貫藩は廃藩となった。

次男の彦五郎は評定所に出頭する前日に養子縁組を解消し、実家の品川家に帰していたため、処分を免れた。

三男・勝秀（八歳）と四男・信方（六歳）は、大和郡山《やまとこおりやま》藩主・松平日向守《ひゅうがのかみ》信之の預かりとされた。

娘ふたりのうち、すでに嫁入りしていた養女はお構いなし、次女は妻の里に引き取られた。

更に三日後、前職の奏者番兼寺社奉行の役職は任命時にさかのぼって取り消され、修理亮の「亮」の字を削り修理と名乗ること、以後「殿」をつけて呼ばせることを禁じる旨が加わった。

なお扶持米として三斗《と》入り三百俵が下される沙汰もあった。禄に換算すれば約二百三十石に相当する。町奉行配下の町与力をやや上回る程度であるが、重治は無関心を装っていた。

中庭に面した十畳の部屋は常時、四十人の藩士に囲まれることになったが、朝夕二汁八菜の食事が出されるほどの高待遇に会津藩主の心情が汲み取れよう。

月末になって思いがけない変化が訪れた。

「お傍《そば》にまいるのが遅れ、申し訳ございません」

張りのある声に眼を上げると、廊下に市之進が平伏している。いまひとりは佐々木伝内。

ふたりとも木綿の着流しに袴を着けているが、むろん丸腰だった。

「どうしたのじゃ」

重治は咎めるような口調になった。

「今日からお傍に侍《はべ》らせていただきまする」

伝内の頑固面がにやっとほころんだ。

「城の明け渡しが済めば、前野主膳様もまいられます」

市之進の言葉も妙に明るかった。

「まさか……長元坊まで来る、というのではなかろうのう」

「士分でなきため、認められませんでした」

それを聞いて、ほっとした。

「世話をかけるのう」

務めて明るい声を出したつもりだが、重治の心は暗かった。

師走も半ばになって、予言通り前野主膳がやって来た。

「城受け取りの使者として松平甲斐守勝以《かいのかみかつもと》様、松平豊前守勝職《ぶぜんのかみかつのぶ》様、堀小四郎利安様、依田源六郎信重様らがまいられ、十一月二十八日に明け渡しが済みましてございまする」

重治ら三人は涙ながらに聞き入っていた。

「なお国許藩士二百三十四名は修理様直筆の紹介状と慰労金を涙ながらに押し戴き、第二の人生を歩み始めました。彼ら一同に成り代わりまして厚く御礼申し上げます」

江戸、国許双方の帳簿を詳細に点検整理し、未払いをすべて清算した残金、すなわち全財産を確定した。

それに江戸藩邸で保管していた先祖伝来の家宝や、謝礼として受け取った書画骨董を洗いざらい売り払った代金をすべて加算した。

その合計額を藩士の家族構成を基準に慰労金として配分させたので、仕事に就かなくとも二年程度は食いつなげる額になったはずである。

江戸詰め藩士も同一基準で、ひと足早く手渡してあった。

(これで改易対策はすべて出し尽くしたわ)

その夜は久しぶりに、夢も見ずにぐっすり眠ることができた。

翌日から、重治は三人の家臣に振り回されることになった。

「おはようございます」

市之進の凛とした声で起こされ、楊子《ようじ》と手拭いを受け取り洗面を終えると、主膳が木刀を持って控えている。

「閉じ籠もっていると足腰がなまりますゆえ」

素振り百回を三度繰り返すように、と平然と押し付ける。

「写経の準備が出来ておりまするぞ」

伝内は伝内で、手ぐすねひいて待っていた。

工藤市之進、三十二歳。貞淑な妻と年端もいかぬ子供が四人も待っているのに、どうするつもりだ。

前野主膳、五十五歳。還暦を前にすでに達観しているところがある。こういう男は他人の意見を受け入れぬものだ。一番手強い相手となろう。

佐々木伝内、六十四歳。わが身より、この男の老体が心配だ。それに頑固一徹。心中するつもりでまいったに違いない。

（三人三様、困ったやつらがやって来たものよ。切腹や首吊りなら気付かれずに済ませることができようが、わしが思い描く死に方では気付かれぬことなどあり得ない。まず、こやつらとの対決に勝つことだな）

重治は気を引き締めるように下腹に力を入れ、目を瞑《つむ》った。

年が明けた貞享《じょうきょう》二年（一六八五）二月、会津若松への移送が始まった。百人もの会津藩士が重治主従四名を警護するという物々しさである。

一行は粕壁《かすかべ》、小山《おやま》、喜連川《きつれがわ》、白河《しらかわ》、郡山《こおりやま》、猪苗代《いなわしろ》と泊まりを重ねて、七日目の二十三日に会津若松の城下に着いた。

城下の外れの屋敷が幽閉の場所となった。生垣の外に新たに柵が設けられ、主従が使える五つの部屋と庭の半分が竹矢来で囲まれた。

竹矢来の内側は自由に動き回ることができるが、四十人の会津藩士が交代で見張りを続け、外部からの訪問者は立ち入りを許されなかった。

食事は城の賄《まかな》い人が交替で派遣され、江戸屋敷と同じく二汁八菜の贅沢さで、暮らしに必要な物は何でも揃っていた。警護の責任者に申し出ると筆に硯箱や紙、書物なども差し入れてくれる。

市之進は重治に無断で石州楮紙の差し入れを願い出た。松江《まつえ》(島根)と江戸は二百二十三里、江戸から会津は六十五里、合わせて二百八十八里(千百五十二キロ)も離れている。品名すら通じないかもしれぬ。

やはり無視されたか、と半ば諦めていると、三月末日に大量の紙束が持ち込まれた。会津藩のお偉方が重治の人柄や過去の言動を把握した上で、すこぶる好意的に見てくれていると思うと、市之進は身体が震えるのを抑えることができなかった。

「武士の情けというものを、初めて知りました」

喜び勇んで報告したが、重治は紙を手に取ろうともしなかった。

「当たり前じゃろうが」

改易の原因を作った折り紙だぞ、と伝内は怒った顔で市之進を責め、

「やはりそうか」

と主膳は溜息を吐き出した。

「わたしは諦めません。必ず折ってくださると信じております」

市之進の口調は、自分に向かって言い聞かせているような響きとなった。

十一

みちのく会津の夏も、今年は特別暑いという声に満ちていた。

八月二日の朝は未明から雲ひとつない晴天となり、気温はぐんぐん上がっていった。ただでも蒸し暑いというのに、重治の幽閉された屋敷は雨戸を閉めたきり、ひっそり静まりかえっている。六月の半ば以降は九つ（正午）ごろまで、暗がりのまま時を過ごすのが習慣になっていた。

夜明け頃からようやく眠りにつく重治を、せめて昼を告げる時の鐘が鳴るまで寝かせてやりたいと願う配慮だった。

寝つきが悪いにもかかわらず、ちょっとした音や周囲の明るさに敏感で、すぐに目を覚ます。しかも日を重ねるにつれ、過敏さは増しているので三人の家臣の気遣いも大変なものがあった。

哀れな囚《とら》われ人たちと同じ屋根の下にいながら、軒下に巣をかけた燕の親子だけが未明から活動を開始し、いそがしく飛び回っている。

三人の家臣は蒸し風呂にいるかのごとく汗だくになりながら、ゆるゆる団扇《うちわ》を動かし気を紛らわせている。動くと余計に暑くなるから、なるべく動かずじっと時をやり過ごすしかない。

待ちに待った鐘の音が、焦らすようにふたつ、三つと鳴り渡る。市之進はゆっくり身を起こすと、重治の部屋に立って行った。

「おはようございます。夜が明けましてございます」

いつものことだが、返事はない。

静かに襖を開けると、饐《す》えた臭いがひときわ鼻をつく。悪臭にもすっかり慣れているので、眉ひとつ動くはずはないのだが……。

「と、殿、殿っ」

禁句の「殿」を連発しているのにも、気付いていない。

普段は冷静な男の絶叫を聞いて、主膳と伝内が駆け寄った。

布団から這い出し、半身を畳の上に投げ出したまま、重治は息絶えていた。

四十四歳の身体がふた月半の絶食によって木乃伊《みいら》のごとく痩せこけ、手足は骨折で不自然にひん曲がったままだった。

叫び声とそれに続く嗚咽《おえつ》から、見張りの者たちは異変を察し、早くも竹矢来を片付け始めている。半月ほど前から重治の餓死は避けられないものとなり、誰もがただ来るべき時を待っている状態だった。

屋敷を囲っていた柵も撤去され、代わりに樒《しきみ》の壁が出来た。悪臭の染み付いた布団や夜具だけでなく、畳や襖までことごとく取り替えられていく。

人々が驚いたのは押入れを埋め尽くしたうえ、それでも納まりきらず山崩れのように部屋の中ほどまで斜面をなしている折り紙の山を目にしたときだ。

おもむろに床の間に眼を転ずると、今度は腰を抜かしそうになった。逃げるに逃げられない。蛇に睨まれた、いや竜に呑み込まれそうな恐怖に身がすくむ。

市之進ら三人が見たときは、重治の頭の横で外敵を睨みつけるように身構えていた。今にも飛び掛かりそうな竜神は、主人を追って天空に舞い昇ろうとしているようにも見えるし、遺骸を護《まも》っているようにも見えた。

昼間の喧騒から夕刻の通夜を経て、本格的な夜が来た。

「会津様の検視役以外弔問客もなく、お遺骸の守《も》りをするのがたった三人とは……殿に申し訳なくて、わしには耐えられんわい」

「されど佐々木様。殿は大勢が集まる席は苦手であられましたゆえ、これでよい、と申されておる気もいたしますが」

伝内と市之進のやり取りを、主膳は黙って聞いている。

昨夜までは「殿」と言えず、「修理様《しゅりさま》」とお呼びすることで余計な気をつかってきた。

その禁令も自然に解けたことで、ふたりとも「殿」を連発しているのが、哀れに思えて仕方がない。

「いくら自分に言い聞かせても、餓死はひどすぎる」

「同感でございます。いったい、いつごろ覚悟なされたのでしょうか」

「召し上がらなくなった日は忘れもせんぞ。五月の十二日からよ」

「するとふた月半前……」

「いや違う。拙者は会津藩の江戸屋敷に幽閉された直後からだと思う」

主膳が割り込んだ。

「なに？　江戸からすでにじゃと」

「して、その根拠は？　前野様」

「拙者が遅れてまいったとき、最初に言った言葉を忘れたか」

市之進は唇を噛み締めている。

「そんな顔をするな。責めておるわけではない。よいか、おまえは顔を見るなり、こう言うた。……もはや藩主でもなく、主従関係もなくなったゆえ好き放題、気儘に振る舞う、とおっしゃられておりますので、それを尊重されますように、とな」

「はい、たしかにそのようなことは申しました」

「そのことか。それはわしらがお傍についた翌日、朝一番に申されたことじゃ。ぜひ、そうなされい、とわしも賛同したゆえ、よおく覚えておるぞ」

伝内も奇異に感じていたようだ。

「そのあと、早速わがままを言うぞ、と申されました……出歩きもしない身に二汁八菜は多すぎる。食べ残してばかりでは失礼なので、わしの分だけ半分に減らすよう掛け合《お》うてくれい、と」

「殿だけというわけにはいかぬ、とわしらふたりも一汁四菜に変えていただいたものよ」

「拙者が思うに、その時こそ食を減らす企てに着手された最初の日に違いない」

「それは考えすぎよ、主膳。会津若松でまた二汁八菜に戻ったが、何もおっしゃらずお食べになっていたではないか」

「いや、拙者の記憶では初日、二日目とも残されておりました」

「わたしも覚えております。ですが、三日目からはすっかり召し上がっておられます」

「それもわがままのせいよ。二度目は拙者もしかと聞いておる」

「なんじゃったかのう、それは」

「ここに移されて部屋も多うなった。せっかくだから、ひとり一部屋使わせてもらおうではないか。伝内の鼾《いびき》も遠くなるし、わしは食べるのが遅いゆえひとりで食べる方が気が楽じゃ……と申された」

「では、食べ残されていたとしたら、残りはどこへ」

市之進は納得しかねていた。

「紙に包んで袂《たもと》に隠し、厠《かわや》に……これは奥医師どのの推測じゃがのう」

「なに、そこまで知りながら、主膳、なぜわしらに黙っておった」

「お怒りはごもっとも。されどそれほどまでの決意に水を差すこともならず。知らぬふりを通すのは、身を切られるより辛うござりましたぞ」

「それはおぬしの勝手な判断じゃ。その時点でなんとかできておったれば、むざむざ死なせることはなかったろうに」

「まあまあ、おふたりともいまさら争っても仕方ないではございませぬか。それよりも、お気づきになった経緯《いきさつ》をもう少し詳しくお聞かせください」

「六月早々、会津藩きっての奥医師といわるる玄庵《げんあん》殿が、主命を帯びて見えられたときのことを覚えておるか？」

「殿は珍しくうろたえなされ、あれこれ言い訳を並べ立て……」

突然、伝内が笑い声をあげ、市之進も釣られて笑った。

子供のように、逃れようとされた言動のおかしかったこと。

「結局、玄庵殿に脈を取られ、腹部の触診を受け、数々の問診にも応じていらっしゃった。さて、そのあとじゃ。廊下でこっそり聞かれたのは……。『修理様はひとりで食事を取られておるのかな』と。妙なことを尋ねる奥医師だな、と思いつつ『さようです』と答えたら、先ほどの言葉が返ってきたのでござる」

「それほどまでにご苦労なさっておったのか」

伝内の笑い顔が一転、泣きそうな顔に変わっている。

「玄庵殿の報告を受けて重臣方が入れ替わり立ち代わり説得に見えたのう」

「はい。あの時はまことに心苦しゅうございました」

「なんと言われようと、ただ頭を下げておられた殿の姿を、拙者は見ておれなんだ……」

しばらく話し声が途絶え、線香の煙はまっすぐ天井に伸びていた。


「殿にとっては、わしらの存在が邪魔だったことだろうのう」

伝内の言葉に、ふたりは逆らわなかった。

「会津藩江戸屋敷でわしの顔をご覧になるや、一瞬、子供の頃のお顔に戻られた。叱られる寸前の、しまった、という表情じゃ。勝隆様の養子になられた直後から、守り役のわしに礼儀から刀剣の使い方まで教え込まれた殿にしてみれば、うっとおしい奴が来たと思われたに相違ない」

「わたしも殿が眉をひそめられたのを覚えています。十三年間ずっとお傍を離れなかった堅物が、この期《ご》に及んでなおつきまとうのか、と煙たがられたであろうと……」

「拙者には、はっきり言われたぞ。おまえのように中途半端に達観した男は苦手じゃ、と。佐貫のような温暖な土地で育つと、大らかな人柄ができる。わしも佐貫で余生を送れたら、さぞ幸せだったことだろう、ともおっしゃっておった」

「されど、もっと手強《てごわ》い敵が」

山伏姿の長元坊が会津に来たのは、五月末のことだ。

十二日以来、水しか口にされなくなって半月。これ以上断食を続けると、元に戻そうにも身体が受け付けない。その寸前だった。

「あの頃はもはや、こやつに最後の望みを託すしかない、と祈る思いじゃった」

伝内の言葉に、主膳も無言で頷いた。

「面会ならぬ、という見張り番をなんとか説得し、見て見ぬふりをすると言ってもらえたとき、お命を救うことができたと思いました」

「殿はどのような手で、撃退なさったのかのう？　やつに聞いてみたが、何も答えず立ち去りおったわ」

「二度目に見えたのがふた月後の先月下旬。今度は殿が会うのを拒まれました。意識朦朧となられていた殿が、長元坊という言葉には反応され、通すな、と命じられたのには驚きました」

「やつも素直に受け入れた。お別れを言いに来ただけじゃ、とぬかしてのう」

「強敵を退けて、殿もほっとなされたことでしょう」

「いや、殿にはもっと手強い敵がいたはずだ」

「なにっ、いったい誰のことじゃ、主膳」

「ほかならぬ重治様ご自身」

「けっ。おまえは達観どころか、禅問答を弄《もてあそ》ぶ出来損ないの坊主と同じじゃ」

「なんとでも申されよ。殿の最後の敵は『無意識の己《おのれ》』であったはず。理性も意志も働かなくなり、単なる動物に成り果てた肉体が本能を剝き出していたではないか。

障子紙をちぎっては食い、桟を齧《かじ》り、ついには己の指や、骨と皮になった腕まで貪《むさぼ》られておった……」

「わたしはその姿を見て、身体中に鳥肌が立ちました」

「刀を帯びていたなら、拙者は首を落として差し上げていたと思う」

「先ほどの言葉は取り消す。主膳の申した通りじゃ。餓鬼になった自分が敵だとは、なんと酷い運命であろうか」

「何しろ鎧櫃登城などという奇策で老中らを煙に巻いた殿じゃ。見張り番たちは、餓死するぞ、と油断させておいて脱走するのではないか、と疑っておった。だが日に日に痩せ衰えていく殿の姿に、恐怖を覚えたらしい。昼は人を減らしその分夜に回したのはなぜか、と問うたら、どう答えたと思う？」

伝内と市之進は揃って首を横に振った。

「ふたり一緒でも嫌だと怯えるので、やむなく三人体制を取ったと白状したぞ」

「剛勇で名高い会津藩士が……。それに殿に対しても失礼じゃ」

伝内が怒りを露わにした。

「されど、幽霊に見えても無理はないほどのお姿でございました」

「敵と立ち会うなら死をも恐れぬやつらでも、死神が取り憑《つ》いた姿は恐かった。恨みや祟りが乗り移ると思ったのでござろう」

「もう、止《よ》しましょう」

「それがよい。殿が気の毒でこれ以上は耐えられぬ」

「そういたそう」

夜が更けるとともに、暑さも納まりしのぎやすくなった。

代わる代わる蠟燭《ろうそく》を灯して祈りを捧げたり、線香を足したりした。


「主膳、供養に呑まぬか」

徳利と湯呑をすでに抱えている。

「伝内殿の酒好きは殿もよくご存じでしょうから、どうぞ、おやりくだされ」

伝内ひとりが静かに呑み、一刻（二時間）も過ぎたかという頃、

「わしがなぜ、断食を中断したか。その訳を聞いてくれぬか、おい主膳」

すがりつくような声だった。

「酔っ払いの戯言《たわごと》……で、なければ聞いて差し上げますが」

冷静な声で主膳は応じた。

「わしを見損なうな。酔ってなどおらぬわ」

「拙者正直申せば、伝内殿がケツを割られたのは空腹に勝てなかったせいだ、と失望しておりましたが、他に理由がござろうか」

「おう、やはりそう取っておったか。無理はない」

しばらく水洟《みずばな》をすすり続けたのち、意を決するように口を開いた。

「言い訳と取っても構わぬが、実を申せば、殿にたしなめられたのよ」

「いつでございますか」

市之進も膝を乗り出した。

「おぬしたちはよく眠っておったぞ。あれは五月の二十五、六日のことじゃった。刻限はちょうど今時分かのう。殿に揺り起こされたのよ。

……伝内、わしが十一歳で能見松平家にまいったときのことを覚えておるか。心細くて寂しくて、泣いてはおまえに叱られたものよ。いま三男の勝秀は九歳、四男の信方にいたっては七歳でしかない。親と別れ、しかも罪人の子という烙印を押され他家に囚われの身じゃ。不憫《ふびん》でならぬ……」

「……」

「とくに勝秀には負い目がある、と殿は続けられた。……何とかもうひとり男児を産みたいと願う妻を孕《はら》ませ、念願の男児を授かったのに乗じて、町娘を手元に置こうと企んだ卑劣な男だ。わしを責めろ、伝内……そうもおっしゃられた」

「きぬを引き取りたい、と切り出して拒絶されなさった……わたしもその時のことはよく覚えております」

「さて肝心なのはそのあとじゃ。……伝内、よく聞け。わしが捨て扶持を得てのうのうと生きておる限り、勝秀は他家の厄介者として生きねばならぬ。四男の信方も同様じゃ。理不尽よ、のう。

親の身勝手でこの世に連れて来られた挙句、親がしでかした不始末の尻まで拭かされる。そんな一生に目を瞑《つむ》ってよいわけがない。そうではないか、伝内。

わしさえ死ねば勝秀と信方は罪を解かれ、能見松平家の再興も成るかもしれぬ。いや必ず成る。されば養父にも面目《めんぼく》が立つ。頼む、黙って死なせてくれい。

老体のおまえが覚悟を決めた以上、わしより先に餓死するのは目に見えておる。老臣を道連れにしたと笑われたくはないが、おまえを助けようとすると倅どもを救い出すことができなくなる。

他に救い出す手があるなら教えてくれ。無いと言うなら、わしの邪魔をするな。おまえらは断食をやめて、わしだけを死なせてくれい……殿に、そう泣きつかれてのう。とうとう約束させられた。やめます、ほかのやつらもやめさせまする、とな」

伝内の濡れた頬を、蠟燭の明かりが照らし出していた。

「拙者には幕府の理不尽な裁定を非難する言葉を洩らされましたぞ。

……侍、百姓、職人、商人などと身分の壁を作り、互いの交流を禁じているが、三代将軍家光様が町娘を武家の養女に仕立て上げたのち、誰はばかることなく側室にしたことは公知の事実である。それに比べたら、たかが書状を与えたくらいで罪を問えることか……

と怒っていらっしゃった。

そういう矛盾を容認して恥じない現将軍綱吉様から下される捨て扶持を、のうのうと食《は》めるものか。死んでも食わぬ。男の意地を貫こうとするわしを、なぜ止めるのじゃ、と詰問されたのでござる」

「そりゃあ、ぐうの音も出んじゃったであろう」

「左様。されど、そのあとのお言葉の方が拙者の肺腑《はいふ》を抉《えぐ》りましたぞ」

「早う言わぬか、主膳」

「家臣の中には仕官が決まらず飢える者も出て来よう。そのときこそ、わしが餓死したことを思い出せば、一時《いっとき》の空腹くらい耐え忍べるのではなかろうか。家臣たちの運命をもてあそんだ男のせめてもの償い。そう受け取ってくれぬか、主膳……と仰せになりました」

「わしが主膳の立場であったとしても、歯向かうことはできなかったじゃろ」

「おふた方にもそんな経緯があったのでございますか」

「と、いうことは市之進。おまえにも？」

「はい。ございました。つい先ほどまで、わたしだけにお心を開いていただいたのかと思うておりました」

「どうやら個別攻撃を受けておったようだな。それでおまえは何を伺ったのだ？」

主膳の目がきらりと光った。

「はい。なぜ切腹しないか、という理由《わけ》を話してくださいました」

「そんな大事なことを聞いておきながら、なぜ拙者に教えてくれなかったのだ」

「いまさらやつらに殉死禁令を説いてやることもあるまい、という言葉に惑わされ……」

「なんだ、そのことか。堀田正信殿のあの騒ぎがなくとも、殉死禁令が家綱様の御意思であったことは、この伝内でも承知しておるわ」

「いいえ、そういう建前論ではございませぬ。最後の謁見で、とくに念を押されたとおっしゃっておられました」

「よくわからぬ。もっと詳しゅう申せ」

「あの鎧櫃を背負って登城なされたときのことでございます。ふたりだけで話を交わされ、いよいよ退出されんとしたその時、上様が仰せになったそうです。『重治。いかなることがあろうと、腹を切ってはならぬぞ』と」

「なにいっ？　上様直々《じきじき》のお言葉を賜ったのか。それも遺言に近い形で……」

「あのとき念を押されなかったら、忘れたふりをして腹を掻き切っておったぞ。わしの心中も察してくれい。切腹はできぬ、餓死もできぬ。この先何十年も幽閉された挙句に恥辱と老醜にまみれて死ね、と申すのか……。

わたしを一喝されたあと、いつもの穏やかな声で……市之進、いまだわしを主君と思うてくれるなら、これ以上邪魔立てをしないでくれ、と申しつけられましてございまする」


新しい線香を立てたあと、市之進が「もう一度お顔を」とつぶやいて、座棺の蓋を開けようとすると、他のふたりも立ち上がった。

「これほど人は痩せられるものか、と驚いておりましたが、ご遺体をここに納めるときのあの軽さ、手ごたえの無さにあらためて悲しくなりました」

「木刀を振るのを一日でおやめになったのには失望させられたが、あの時はすでに滋養不足で筋力も落ちておったのだ。無理強いをして、お気の毒をした。だが殿の太刀筋は鋭かったぞ」

「当たり前じゃ。誰が手ほどきをしたと思っとる？　わしが殿の師匠であるぞ。

あの子は負けん気が強かった。素振り三百回と命じると、五百回やる子じゃったから筋骨も逞しゅうなった。それがあれほど痩せ細り、苦痛で転がりまわる都度、ぼきぼきと音を立てて骨が折れていく。見ておる方が辛かったのう」

「痛みを感じなくなられたのを知ったときは、ほっと致しました」

「部屋の中を何度も何度もぐるぐる這い回られたのは、脳の大半に異常が生じたゆえであろうが、不思議なことにその頃から折り紙を手になさるようになった。

犬、鷹に始まり、蟬、鍬形と複雑になっていく。翌朝、枕元に置かれた蟹を見つけて目を見張り、伊勢海老を見たときは仰天させられた。最後の竜には今でも寒気を感じておるくらいだ」

「それまで殿の折り紙を見られたことのない主膳殿には及びませぬが、わたしもあの量には驚かされました。あれほど早く折り進められることは、外桜田でも記憶にありません。折り紙の神様が乗り移ったとしか思えませぬ」

「会津衆の手で焼かれるには惜しいので、あの竜だけ取っておいたのじゃ。殿があの世に着かれるまでの道中、立派にお護りしてくれるじゃろ」

「そうですね。それなら今のうちに殿様のお傍に移しておきましょうか」

「それは名案じゃ。主膳、異存はないか？」

「ありませぬ。われらの代わりにと、殿が生み出されたお供でございますれば」

三人それぞれ手を添えて竜を持ち上げ、遺骸の横にそっと置き、蓋を閉じた。

「ほんの少しだが、心が軽くなった気がします」

「わしもじゃ」

「拙者も同感でござる」

申し合わせたように、三人揃って合掌した。

「ところでお主ら、これからどうするつもりじゃ？　わしは倅に食わせてもろうて余生を過ごすだけじゃが、お主らはまだ若いでのう」

お経を読み終えると、伝内が問うた。

「拙者は勝隆寺の和尚の元で菩提を弔いまする。高齢の和尚に代わっていずれ住職を継ぐことになりましょう」

「僧籍に入るとは主膳にぴったりの道じゃと思うが、奥方は反対しておらぬか」

「佐貫が気に入っているので、むしろ喜んでおります」

「それは結構じゃ。おい、市之進。おまえはどうする」

「わたしは久世家にお世話になることが決まっております」

「備中《びっちゅう》に参るのか？」

故久世広之を継いだ重之は三年前に備中（岡山県）庭瀬《にわせ》藩に転封となっているが、石高は変わらず五万石を維持していた。

「いえ、江戸屋敷詰を命じられるようでございます」

「江戸に残れるなら何の心配もない。よかったのう。しかし、お主らも隅に置けぬ。わしの気付かぬうちに身の振り方を決めておろうとは」

伝内の口調には責める響きはなく、嬉しさを抑えきれないといった高揚が含まれていた。

「会津に見えた長元坊殿に、殿がひそかに命じられたのでござる。二度目にまいられたとき拙者と市之進を呼び、根回しは済ませてあるので殿の意向に添うようにと言い渡してくださった次第」

「再仕官に自信がない、と渋るわたしに申されました。殿も今はただ須磨様を気遣っておられるのじゃ。おまえにならば託せると信じておられるぞ……と。その言葉はわたしに久世家に仕える勇気を与えてくれました。今ここで殿のご遺体に誓います。奥方様の身の上はわたしにお任せください」

市之進の言葉を耳にして、伝内と主膳の顔が同時に明るくなった。

いつの間にか、素顔が読めるほどになっている。

「夜が明けそうです」

市之進が立って障子を開けると、不意を突かれた燕が数羽、夏空に向かって勢いよく飛び立っていった。

終章

夏祭りには、浴衣《ゆかた》と手拭いが欠かせない。

お盆が過ぎるまでの染物屋は、目が回るほど忙しい。だがそのお陰で、一年をなんとか無事に過ごせるのである。次の山は年末に来る。年末年始の挨拶に手拭いを持参する習慣があるからだ。

春と秋もまるで仕事がないわけではないが、細々《こまごま》した注文しか入らない。とはいえ、のほほんと過ごしてもいられない。斬新な模様を考え出し、新しい処方の顔料を作り、配色の工夫などに打ち込んでおかねば、お客にそっぽを向かれてしまうことになる。

仕事の質が変わろうとする狭間《はざま》にぽっとあいた暇を見透かしたように、訪ねてきた人がある。

見知らぬ風体《ふうてい》に、きぬは危ぶみながら近寄った。

「まあ……」

「六年ぶりじゃ。気付かないのも無理はない」

胸がどきどき高鳴り、全身が震えている。足元も崩れそうで頼りない。

その一方で、人は一挙に老けるものだ、と考えている変に冷静な部分もあった。

「もう……よろしいんですか」

姿を見せてくれない理由は自分なりに解釈をして、懸命に耐えてきた。

「そうじゃ。もう何も心配することはない」

薄く笑っただけで、歯がなくなっているのがわかった。

そういえば声も口調も歯切れが悪い。だが、目が明るい。本当に心配は去ったのだ。

「ど、どうぞ。中に入ってください」

「いや、よければあの辺にでも腰かけよう」

片手を上げて、川の手前を指している。

「ちょっと待ってください」

家の中に飛び込んで、晋吉に子供を見ててくれるよう頼んだ。

川風が当たりそうな木陰に、ふたり肩を並べて座った。

傍目《はため》には父と娘に映ったかもしれない。

「そなたに伝えることがある。重治様が竜神を届けられたときのことだ。これは、きぬと申す商家の娘が折ったものでございます、と申されたところ、よろしく伝えてくれい、と家綱様がおっしゃられたそうだ。遅くなってしまったが、たしかに伝えたぞ」

亡き上様のお言葉よりも、重治様の身の上が心配だった。

「それで……殿さまは？」

おそるおそる聞いてみた。

「生きていなさる」

「よかったぁ」

わたしの思いすごしだったんだ、ときぬは胸を撫で下ろした。

「いや、正しく言い直そう」

「えっ」

「肉体は滅びたが、重治様を知る人の心にいつまでも生きていらっしゃる」

「そんな」

そんな言い方ってないわ。なぜ？　ひどい。

気がつくと、きぬは泣きながら長元坊の肩をぶっていた。

「いつ、亡くなられたんですか」

時が経つと嗚咽が納まり、ようやく口がきけるようになった。

「一年前じゃ」

なぜ今まで……と問う以上に、聞きたいことは山ほどあった。

「ご病気ですか」

「いや、食事を取らず餓死された」

「餓死……なぜそんなむごいことを」

傍観していたとしたら許せない。きぬの眼が責めていた。

「付き添いの家臣三人が懸命に説得したが、お心を変えることはできなかった」

「長元坊さんは？」

「わしは最強の武器を引っさげて、重治様の説得に立ち向かった」

長元坊はその折のやり取りの核心を再現して聞かせた。

「つな様が、どうか生き抜いておくれ、とおっしゃっておられまする」

「母はわしを捨てた人ぞ」

「捨てた、とはあまりの仰せ」

「わかっておるわ。それでも夜が来て布団の中に横たわると、母が恋しくて何度逃げ戻ろうと思ったことか。だが養父母の手前、それもできぬ。突き上げる衝動を抑えるには、捨てられた、と思うしかなかった。母を恨むことで悲しみに耐えてきたのじゃ。

母上に伝えてくれい。決して恨んではおりませぬ。一日でも長く心安らかに暮らしてくだされ。重治がそう申しておったとな」

「実はわたしも、去年の夏にここでお会いしております」

今度は長元坊が驚く番だった。

きぬもその時交わした言葉をそっくり語りだした。

「お会いできてうれしゅうございます」

温かい眼差しと意思の強そうな口元。すらりと引き締まった身体つきが、着流し姿を引き立てている。出会った瞬間から初対面という気はしなかった。

「わしもじゃ、きぬ。知り合《お》うて、と言うのも変じゃが、最初の蟹からどれだけ経つかのう?」

「十二年でございます」

「長かったのう」

「縫い上げの小袖にお下げ髪という子供が、振袖姿で島田結いの娘に、そして今はこの通り留袖に丸髷《まるまげ》という子持ちの女になっています」

「ふうむ。お互いに波瀾の時を過ごしてきたわけじゃ」

「その間、ひと目だけでもお会いしたい、と思い続けておりました」

「わしは、そのひと目だけだが、おまえを見ておるぞ」

「えっ、ずるい。いつのことでしょう?」

「蟹を得た次の年だ。長元坊がおまえを店から連れ出してくれた」

「あっ、あの時……誘い出されてすぐ、戻ろう、とおっしゃられて……。呆れて物が言えなかったので覚えています」

「思った通りの可愛い娘じゃった」

「まあ……遠い北の国に行かれたと聞いて、もう決してお目にかかれぬと諦めておりました。本当によく来てくださいました。でもここまで来るのは、さぞ大変だったことでしょうね」

「いや、こいつに乗ってまいったので、あっという間に着いたぞ」

「まあ、竜に乗って……」

「おまえがくれた竜神じゃ。ほら、あの通り。まさしく生きておるわ」

「あれはわたしの竜ではありません」

「おまえの竜を手本に、忠実に折ったつもりじゃが？」

「あれほど猛々しい竜は、わたしには折れません。重治様の勝ちでございます」

「本当か。ようやくおまえに勝てたのだな」

「その通りです。でも、その竜神がすべてを奪ってしまった……」

「いや、おまえの竜神がわしと上様に最後の勇気を植え付けてくれた。決して無駄に終わったわけではない。人の心を知らぬ者どもが形式にこだわって、わしに不当な罪を被《かぶ》せただけじゃ」

「むしろ折れなかった方がよかったのではないか、と今も思っています」

「折りあがっていなかったら、わしの心は苦痛に悶え、気が変になっていたかもしれぬ。たとえ一時《いっとき》の満足とはいえ、それさえ得られなかったら、この世に生まれてきた値打ちがなかったようなものだ」

「本当にそう思われますか。信じてよろしいんですね」

「本当だ」

「よかった」

「もう何も悩む必要はない。町方を恐れることもないぞ」

「わたしが尋問される恐れもあったのですね」

「それを謝りに来たのだ。許してくれい」

頭が下げられた。きりっと結った髷《まげ》を見せられ、相手が侍だと思った途端に、きぬの身体は強張《こわば》っていた。

「今後も一切、おまえやおまえの家族に火の粉が降りかかることはない。そのことも信じてくれ」

きぬは声も出せず、ただ頷くしかなかった。

「謝ったあとは御礼じゃ。これまで本当の折り紙を教えてもらった。あらためて礼を言うぞ」

一転して、晴々《はればれ》とした優しい眼。侍に対しているという構えが取れ、気持ちがみるみる和んでゆく。

「よかった。満足していただいてたんですね」

舌も再び滑らかに動き出した。

「無論じゃ。伊勢海老も蟹も、福助も桃太郎も……何もかもに満足しておった」

「今度は何を折りましょうか」

「そうだな……。侍だ、町人だと言わず気楽につきあえる世を作ってくれる、そんな神様をまず折ってもらうとするか」

「では千手観音さまを一緒に折りませんか」

「うん、それは名案だ。ぜひ、そうしよう」


「夢に見たという日がいつだったか、覚えておるか」

長元坊の声が湿っている。

「夢ではありませぬ。本当にお会いしたのです。重治様の姿も息遣いもまざまざと焼き付いています。夢のような漠然とした記憶ではございません」

毅然《きぜん》とした言葉で、きぬは答えた。

「わかった。言葉を変えよう。お会いした日を教えてくれい」

「八月二日です。その日が長男の誕生日ですから間違えるはずはありません」

「重治様が発《た》たれたのが、まさしくその日じゃった」

「やはり、そうでございますか」

「先ほどの夢、いや出逢いの話に戻るが、重治様はおまえや伊勢嘉に災いが降りかかるとわかったら、即座に老中に名乗り出て一切の責任を被るつもりでおられたのじゃ。おまえに言い訳されることはなかったようだが、そのことだけはわしが代わりに言っておく」

そのあと長元坊は、鑑定人を見殺しにしようとしなかった重治の言動を語って聞かせた。

ふたりはしばらく無言で、川面を見つめていた。

「なぜ重治さまは、死をお選びになったのでしょう？」

「いろいろ訳がある。だが一番の理由はご子息のためじゃ。本年六月、ご子息の勝秀様、信方様は罪を赦《ゆる》され、晴れて自由の身となられた。そして先日、勝秀様は旗本に召され、能見松平家は復活した。すなわち、重治様の死は報われたのじゃ。それでようやく、おまえにも知らせる決心がついた」

おまえを手元に引き取るのを妻に承諾させようとの思いで作った子だ、とまでは長元坊も口に出せなかった。

「重治様は懸命におまえの域に迫ろうとなされていたが、あと一歩の壁を越えることができなかった。

不当極まりない罪に問われ、家族は離散しそれぞれ過酷な境遇に追いやられた。そこで初めて、心から家族を案ずる気持ちに目覚められたのじゃ。己を中心に家族を振り回すのではなく、家族のひとりひとりに何をしてやれるかを第一に考える。そういう境地に到達されたからこそ呪縛が解けたのじゃ。骨と皮だけの手で続々と折り出され、最後に仕上げた竜神をおまえに見てもらおうとやってまいられたのであろう」

「わたしにもわかる気がいたします。心の孤立した寂しい方には折ることのできないものでした。重治様の竜神は雄々しいだけでなく、限りなく優しい眼をしておりました」

きぬの目からこんこんと涙が湧いて出る。

嗚咽も水洟《みずばな》も出ないのが不思議だった。

「これが重治様の形見じゃ」

袈裟に縫いつけられているのは鍔《つば》だった。

「脇差と思うたが、山伏に刃物は無用と思い直して鍔にした、と申されておった」

「ほほほ、重治様らしい」

「おう、やっと笑顔を見せてくれたか。泣かせてばかりでは重治様に叱られるでのう。笑顔を見せてもろうたところで、渡すとするか」

傍らの葛籠《つづら》を引き寄せるのを見て、銭などいらない、と思った。

「これじゃ」

紙の束だった。

「なんでしょう?」

「見てごらん」

きちんとたたまれた奉書紙を開いて、息を呑んだ。

「これは……」

几帳面に記された折り図だった。

蟬、鍬形、馬……蟹が、桃太郎が、伊勢海老の折り図まで整然と揃っていた。

「会津屋敷に出頭なされる前夜に、預かったものじゃ。能見松平家伝来の折形は勝秀に、残りはきぬに渡してほしい、と仰せになった」

「わたしがいただいてもよろしいのでしょうか」

「重治様の形見じゃ」

きぬは金目の物を想像した自分を恥ずかしいと思った。

「大事にします。わたしの宝です。子供に、いえ孫にまで伝わる家宝にします」

折り図の束を胸に抱きながら、約束をした。

「葬儀の折りも、あいつらは親子で飛んでおった」

打って変わったような、明るい声につられて目をあげた。

長元坊の視線の先に、数羽の燕が飛び交っている。

「あいつらは偉いんじゃぞ。子を産み育てるためにはるか遠い海の向こうからやって来て、一人前になったわが子を連れて再び海の彼方に帰っていく。ほれ、一生懸命飛んでいるではないか」

どちらが親でどちらが子かはわからぬが、後になり先になり飛び交う姿をしばらく追っていた。

「『人は死ぬものだ、と申したのはおまえだったたな……』と言われて、わしは思い出した。家綱様が死の病と知り錯乱されたときに、確かにそう言って重治様を宥《なだ》めようとしたことがあった。

『ひとり死ぬことによって、多数が生きるという道もある。わしの場合がそれじゃ。邪魔をしないでくれ』……そうおっしゃって、このわしに頭を下げられたのじゃ。

そして実際にご子息を生き返らせなすった。付き従う家臣三人の命も、重治様の死によって救われておる。

それだけではない。佐貫藩の藩士とその家族らは改易という悲劇には遭遇したが、第二の生を与えられ、それぞれ自分の力で歩み出しておる。

わしの心の中でも、生きていらっしゃるぞ。わしが死ぬその日まで、重治様は四十四歳のまま変わることなく生き続けなさるのじゃ」

「わたしの中にもいらっしゃいます。今までと同じように、いやそれ以上に生き生きとなられたような気がします」

ここまで強くなれたのも、幸せな家庭を持てたのもすべて重治様のお陰だった。そして親と子の絆というものを、今日あらためて教えられたような気がする。

（ああ、折り紙をやっててよかった）

きぬはもう一度、燕の親子の姿を見ようと視線を空に向けていた。

主要参考文献

「日本の歴史16　元禄時代」　児玉幸多　中公文庫
「新版　古典折り紙」　佐久間八重女ほか　平凡社
「創作折り紙」　吉澤　章　日本放送出版協会
「江戸幕藩大名家事典」　小川恭一　原書房
「三百藩藩主人名事典」　藩主人名事典編纂委員会　新人物往来社
「徳川夫人伝」　高柳金芳　新人物往来社
「房総諸藩録」　須田　茂　崙書房
「江戸の町奉行」　石井良助　明石書房
「紙の博物誌」　渡辺勝二郎　出版ニュース社
「富津市史」　富津市史編纂委員会
「寛政重修諸家譜」　高柳光寿ほか　続群書類従完成会
「図解　日本の装束」　池上良太　新紀元社
「和紙風土記」　壽岳文章　筑摩書房
「日本の折形」　山根章弘　講談社

あとがき

松平重治が身分違いの者に書状を差し出したことを咎められて改易となり、寺社奉行などの地位を任命時に遡って取り消されたことに、疑問と興味が湧いた。

重治を調べていくと、出生や育ち、役職なども判明し、有能な人物だったことがわかる。改易後は会津藩に預けられ、餓死したことなども「富津市史」等に記されているが、誰にどのような内容の書状を書き送ったのかを記述した資料は見つからなかった。

ある時、わが国の電子産業をリードするトップ企業の技術者と知り合いになった。還暦目前の氏の趣味が折り紙と聞いて啞然としたが、話を伺っているうちに折り紙の奥深さに魅了されてしまった。

やがてこの二つを結びつけてみたら面白い小説が書けるのではないかと思い立ち、短編小説「不折方形一枚折り」を書き上げ、「九州さが大衆文学賞」に投稿したところ佳作に選ばれた。

選者の中に、この素材は短編よりも長編に向いている、と評してくださった方があり、新たな構想で書き改めたのが本作品である。

本書の出版にご尽力いただいた猪野事務所の猪野正明氏と、帯の推薦文をお寄せくださいました文芸評論家の縄田一男氏に心より御礼申し上げます。ありがとうございました。

本書は書き下ろしです。

中公文庫

折《お》り紙《がみ》大名《だいみょう》

2011年4月25日　初版発行

著　者　矢《や》的《まと》　竜《りゅう》

発行者　浅海　保

発行所　中央公論新社
〒104-8320　東京都中央区京橋2-8-7
電話　販売 03-3563-1431　編集 03-3563-3692
URL http://www.chuko.co.jp/

ＤＴＰ　嵐下英治
印　刷　三晃印刷
製　本　小泉製本

Published by CHUOKORON-SHINSHA, INC.
Printed in Japan　ISBN978-4-12-205465-3 C1193

さ-28-6
花僧　池坊専応の生涯
澤田ふじ子

野に生まれながら立花を志し、恋しい人の面影を秘めて精進し、その奥義をきわめた華道池坊中興の祖法院専応の波瀾の生涯を描く。〈解説〉武蔵野次郎

201659-0

さ-28-7
虹の橋
澤田ふじ子

世間の荒波にもまれながら明日を信じてひたむきに生きる若者たちの姿を、人情と非人情が交錯する京を舞台に描いた青春時代長篇。〈解説〉縄田一男

202020-7

さ-28-8
天涯の花　小説・未生庵一甫
澤田ふじ子

生花〝未生流〟を興した山村山碩。武士への執着を捨て愛への未練を断ち、一筋の道をたどる辛苦にみちた生涯を描破した渾身の長篇。〈解説〉清原康正

202200-3

さ-28-9
もどり橋
澤田ふじ子

早朝の錦への買出し、修業中の大店の息子の陰険さ、下働きの娘のほのかな恋心……。京の料理茶屋に働く若い男女の哀歓を描く時代長篇。〈解説〉清原康正

203114-2

さ-28-10
遍照の海
澤田ふじ子

道ならぬ恋に走ったがために、不義密通の罪科を負い、生涯、四国巡礼をつづけなければならない、京の紙商の娘以茶の哀しい運命。〈解説〉清原康正

203241-5

さ-28-12
流離の海　私本平家物語
澤田ふじ子

鹿ヶ谷の変、南都焼討ち、平家都落ち……。盛者必衰の乱世に翻弄される貴族、出家、絵師、庶民の姿を圧倒的な筆致で描いた一大傑作。〈解説〉縄田一男

203694-9

さ-28-13
奇妙な刺客　祇園社神灯事件簿
澤田ふじ子

灯籠の火の見廻りと社の警護を務めとする、祇園社の神灯目付役・植松頼助。得意の剣を振るい、京の町を騒がす奇妙で不思議な事件の数々を解決する。

203946-9

さ-28-14
空蝉《うつせみ》の花　池坊の異端児・大住院以信
澤田ふじ子

江戸初期、二代専好に学び池坊立花の逸材と評されながらも「異端」のレッテルを貼られ、血脈継承争いと権力介入の波に翻弄、破門された以信の生涯。

204108-0

各書目の下段の数字はISBNコードです。978－4－12が省略してあります。

さ-28-15
狐火の町
澤田ふじ子
京都で質屋を営む寺田屋宗信は、〝狐火の孫〟と異名をとった盗賊であった。過去を知る者が宗信を強請り、一人娘を誘拐した時、京の町に異変が……。
204167-7

さ-28-16
七福盗奇伝
澤田ふじ子
応仁・文明の乱後、盗賊が跋扈する不安定な世相。南朝唯一の皇胤・千手姫は、忠臣たちと共に七福神のお面で顔を覆い、悪徳商人、金貸しや北朝の役人どもに天誅を下す。
204255-1

さ-28-17
夜の腕 祇園社神灯事件簿二
澤田ふじ子
祇園社の楼門に二度にわたり矢を射った者の正体は？　賽銭箱に二十二両もの大枚を投げ入れたのは誰？――洛中の難事件を解決する、植松頼助の情けある裁き。
204337-4

さ-28-18
陸奥《みちのく》甲冑記
澤田ふじ子
桓武王朝期、統一国家への道を急ぐ天皇は、蝦夷征伐の勅を坂上田村麻呂に下す。部族独立のため迎え撃つのは陸奥国の盟主・阿弖流為。壮大な古代歴史ロマン。
204417-3

さ-28-19
天平大仏記
澤田ふじ子
大仏鋳造に参加すれば「良民」に直す。この聖武天皇の詔により、前代未聞、六丈三尺にも及ぶ大仏造りに身を削る奴隷造仏工たちを弄ぶ、朝廷の残酷な陰謀！
204500-2

さ-28-20
天の鎖 第一部 延暦少年記
澤田ふじ子
桓武天皇による平安遷都、延々と続く長岡京の造営、蝦夷経略。激動の時代を生きる少年「牛」と貧しくもひたむきな人々の姿を描く。平安庶民史第一部。
204625-2

さ-28-21
天の鎖 第二部 応天門炎上
澤田ふじ子
空海の真魚も逝き、仏師を志した少年・牛も人生の晩年を迎え、律令国家の権勢の象徴ともいえる応天門炎上に遭遇する。平安庶民史第二部。
204642-9

さ-28-22
天の鎖 第三部 けものみち
澤田ふじ子
奴と良民の間に生まれ「牛」の名を授かった男は、空海の三十帖策子をめぐる、東寺と高野山との勢力争いの渦中に。平安庶民史完結編。〈解説〉縄田一男
204653-5

さ-28-23
真葛ヶ原の決闘 祇園社神灯事件簿三
澤田ふじ子
病身の父に代わり、仇を討とうとする健気な少年を助太刀する植松頼助。しかし敵には六十人もの加勢があった。頼助らお火役三人の秘策とは？〈解説〉菊池仁
204678-8

さ-28-24
嫋々《じょうじょう》の剣
澤田ふじ子
江戸幕府の権力をかざし横暴を尽くす御附武士から、妾になることを強要された貧乏公家の娘が見せる京洛の気概。名手の鮮やかな手並みが冴える傑作時代短篇。
204870-6

さ-28-25
惜別の海（上）
澤田ふじ子
石工衆差配の大森六左衛門は、娘・於根と通じ合う十蔵、暗い野心を抱く以蔵らを従えるが、関白となり権勢を肥大化させる豊臣秀吉の野望に危惧を抱く……。
204988-8

さ-28-26
惜別の海（中）
澤田ふじ子
千利休が切腹し、いよいよ秀吉は朝鮮出兵という暴挙に乗り出す。大森衆にも石普請のため渡海の命が下されるが、以蔵はある企みを胸に秘めていた。
205089-1

さ-28-27
惜別の海（下）
澤田ふじ子
朝鮮各地で乱暴狼藉をはたらく日本軍。人買いに奔走する以蔵。父や恋人の消息が途絶え胸を痛める於根。朝鮮出兵に躍り翻弄される人々を描く渾身長編。
205038-9

さ-28-28
お火役凶状 祇園社神灯事件簿四
澤田ふじ子
奉公先で盗人の濡れ衣を着せられ自殺した長兄の敵討ちに向かう父親の前に……。「人が人を裁くのではなく、神が人を裁くのじゃ」植松頼助の鋭利な天誅！
205104-1

さ-28-29
天空の橋
澤田ふじ子
京焼でしのぎを削る「粟田焼」と「五条坂清水焼」。粟田から五条坂へ引き抜かれた腕のいい陶工・喜助と見習の八十松は、問屋や窯元、職人たちの軋轢の渦中に。
205226-0

さ-28-30
神書板刻 祇園社神灯事件簿五
澤田ふじ子
「神書」の配布を御法度とする幕府。神書を密かに板刻する彫り師を武士の襲撃から助けた植松頼助は、朝幕の熾烈な暗闘に身を投じる。頼助最後の事件！
205262-8

書籍コード	タイトル	サブタイトル	著者	内容紹介	ISBN
さ-28-31	冬のつばめ	新選組外伝・京都町奉行所同心日記	澤田ふじ子	勤王・佐幕に揺れる騒乱の京都。かつて江戸で近藤勇や土方歳三と剣技を磨き、東町奉行所へ配された青年同心の活躍を、新選組の盛衰を背景に描く。	205292-5
さ-28-32	高瀬川女船歌		澤田ふじ子	高瀬川の旅籠で働く十七歳のお鶴。幼い頃、尾張藩士の父親は公金を横領し艦送の藩士を斬って逃亡、その上身ума は不審な死を遂げるが、今真相が明らかに……。	205362-5
さ-28-33	いのちの螢	高瀬川女船歌二	澤田ふじ子	公金横領の冤罪が晴れた元尾張藩士の宗因。高瀬川で居酒屋を開いた。ある夜、仰々しい振袖姿に素足で歩く面妖な娘が店を訪れ、宗因に笑いかけた……。	205375-5
す-25-1	手習重兵衛 闇討ち斬		鈴木英治	手習師匠に命を救われた重兵衛。ある日、師匠が何者かによって殺害されてしまう。仇を討つべく立ち上がった彼だったが……。江戸剣豪ミステリー。	204284-1
す-25-2	手習重兵衛 梵鐘		鈴木英治	手習子のお美代が行方不明に。もしやかどわかされたのでは!?必死に捜索する重兵衛だが……。書き下ろし剣豪ミステリー。シリーズ第二弾!	204311-4
す-25-3	手習重兵衛 暁闇	ぎょうあん	鈴木英治	兄の仇を討つべく江戸に現れた若き天才剣士・松山輔之進。狙うは、興津重兵衛ただ一人。迫り来る危機に重兵衛の運命はいかに!?シリーズ第三弾!	204336-7
す-25-4	手習重兵衛 刃舞	やいばまい	鈴木英治	手習師匠の興津重兵衛は、弟を殺害した遠藤恒之助を討つため厳しい鍛錬を始めた。ようやく秘剣を得た重兵衛の前に遠藤が現れる。闘いの刻は遂に満ちた。	204418-0
す-25-5	手習重兵衛 道中霧		鈴木英治	自らの過去を清算すべく、郷里・諏訪へと発った興津重兵衛。その行く手には、弟の仇でもある遠藤恒之助と謎の忍び集団の罠が待ち構えていた。書き下ろし。	204497-5

各書目の下段の数字はISBNコードです。978-4-12が省略してあります。

す-25-6
手習重兵衛 天狗変　鈴木英治
家督放棄を決意して諏訪に戻った重兵衛だが、身辺には不穏な影がつきまとう。その背後には諏訪家取り潰しを画策する陰謀が渦巻いていた。〈解説〉森村誠一
204512-5

す-25-7
角右衛門の恋　鈴木英治
仇を追いつづけること七年。小間物屋の娘・お梅との出会いが角右衛門の無為の日々を打ち破った。江戸に横行する辻斬りが二人の恋の行方を弄ぶ。書き下ろし。
204580-4

す-25-8
無言殺剣 大名討ち　鈴木英治
譜代・土井家の城下、古河の町に現れた謎の浪人。剣の腕は無類だが、一言も口をきくことがない。その男のもとに、恐るべき殺しの依頼が……。書き下ろし。
204613-9

す-25-9
無言殺剣 火縄の寺　鈴木英治
関宿城主・久世豊広を惨殺した謎の浪人は、やくざ者の伊之助を伴い江戸へ出る。伊之助は兄二人と再会を果たすものの、三兄弟には浪人を追う何者かの罠が。
204662-7

す-25-10
無言殺剣 首代一万両　鈴木英治
懸賞金一万両。娘夫婦の命を奪われた古河の大店・千宏屋は、身代を賭けて謎の浪人の命を奪おうとする。屈折した親心はさらなる悲劇を招く。書き下ろし。
204698-6

す-25-11
無言殺剣 野盗薙《な》ぎ　鈴木英治
突如江戸を発ち、中山道を西へ往く黙兵衛・伊之助一行。その目的を摑めぬまま、久世・土井家双方の密偵も後を追う。一行を上州路に待ち受けるのは……。
204735-8

す-25-12
無言殺剣 妖気の山路　鈴木英治
中山道を西へ向かう音無黙兵衛ら三人。難所続きの長旅の疲れで、足弱の初美は熱を出す。遅れる一行に、さらなる討っ手が襲いかかり、妖しの術が忍び寄る。
204771-6

す-25-13
無言殺剣 獣散る刻《とき》　鈴木英治
伊賀者の襲撃をかいくぐり、美濃郡上に辿り着いた音無黙兵衛一行。そこに現れたのは、かつて黙兵衛と死闘を演じた久世家剣術指南役・横山佐十郎だった。
204850-8

各書目の下段の数字はISBNコードです。978－4－12が省略してあります。

す-25-14
郷四郎無言殺剣 妖《あや》かしの蜘蛛《くも》
鈴木英治
音無黙兵衛、西へ。目的地は京か奈良か。その行く手には、総がかりで迎え撃つ伊賀者たち。さらに謎の幻術師の魔手が。書き下ろし時代小説シリーズ、第二部開幕。
204881-2

す-25-15
郷四郎無言殺剣 百忍《ひゃくにん》斬り
鈴木英治
郡上の照月寺に匿われていた初美が出奔した。一方、奈良に進路をとった黙兵衛・伊之助は、幻術師・春庵を擁する忍びたちの本国・伊賀を、突破できるのか。
204951-2

す-25-16
郷四郎無言殺剣 正倉院の闇
鈴木英治
奈良に入った黙兵衛こと菅郷四郎と伊之助は、側用人・水野忠秋がかつて正倉院宝物の流出により、巨富を蓄えていたことを知る。シリーズいよいよ佳境へ。
205021-1

す-25-17
郷四郎無言殺剣 柳生一刀石《いっとうせき》
鈴木英治
御側御用取次・水野忠秋による悪行の証拠を摑んだ黙兵衛のもとに、荒垣外記からの書状が届く。そこには「一刀石で待つ」と記されていた。シリーズ完結。
204984-0

す-25-18
手習重兵衛 母恋い
鈴木英治
侍を捨てた興津重兵衛は、白金村で手習所を再開した。村名主の娘おそのを妻に迎えるはずだったのが、重兵衛を仇と思いこんだ女と同居する羽目に……。
205209-3

す-25-19
手習重兵衛 夕映え橋
鈴木英治
ついに重兵衛がおそのに求婚。その余韻も冷めぬまま、二人は堀井道場に左馬助を訪ね、そこで目にした一振りの刀に魅了される。風田宗則作の名刀だった。
205239-0

す-25-20
手習重兵衛 隠し子の宿
鈴木英治
おそのと婚約した重兵衛だったが、直後、朋友の作之助と吉原に行ったことが判明。さらに、品川の女郎宿に通っていると噂され……。許嫁の誤解はとけるのか？
205256-7

す-25-21
手習重兵衛 道連れの文《ふみ》
鈴木英治
婚約を母に報告するため、おそのを伴い諏訪へと旅立った重兵衛。道中知り合った一人旅の腰元ふうの女から、甲府勤番支配宛の密書を託される。文庫書き下ろし。
205337-3